SPANISH LADIES

Ungekürzte Taschenbuchausgabe

1. Auflage Dezember 2021

©Thomas Ebeling

Bibliografische Information der

Deutschen Nationalbibliothek:

Die Deutsche Nationalbibliothek verzeichnet

diese Publikation in der Deutschen

Nationalbibliografie;

detaillierte bibliografische Daten sind

im Internet über dnb.dnb.de abrufbar.

Coverbild »De Windstroot«,

Willem van de Velde 1707

und Bourdalou 1775

beide Abbildungen

Wiki commons, public domain, gemeinfrei

Covergestaltung: vom A utor selbst

Herstellung und Verlag: BoD Books on Demand,

Norderstedt

ISBN: 9783755740711

»Farewell and adieu to you, Spanish Ladies, farewell and adieu to you, Ladies of Spain, For we 've received order to sail for old England, but we hope in a short time to see you again«
(Traditional, unknown Author)

Zu diesem Buch:

1775 befinden sich 13 Provinzen in Nordamerika im Aufstand. Der Handel mit den Aufständischen ist verboten, englische Kriegsschiffe blockieren die Häfen. Trotzdem gelingt es an der langen Atlantikküste Amerikas mutigen Schmugglern immer wieder, mit ihren schnellen Schiffen die Blockade zu durchbrechen.

Der Text des Liedes »Spanish Ladies« stammt vermutlich aus napoleonischer Zeit, als britische Seeleute und Soldaten in Spanien kämpften. Der Text verweist auf die Ansteuerung des Ärmelkanals mittels der Landmarken Schily-Inseln und Ushant auf der Ile de Quessant. Weiterhin wird der Weg entlang der südenglischen Küste beschrieben. Gleichzeitig ist es ein kämpferisch, trotziges Lied, voller seemännischer Ausdrücke. Ein Soldatenlied. Es ist also nicht ganz aus der Zeit, in der diese Geschichte spielt, sondern etwa 30 Jahre jünger.

Thomas Ebeling

SPANISH LADIES

NOVELLE

Ile de Quessant

»Wir werden wohl eine stürmische Überfahrt haben, Mr. Jenkins. Um diese Jahreszeit ist selbst die südliche Route in die Kolonien eine ziemlich nasse Angelegenheit. Ich tue selbstverständlich alles, damit sich die Damen an Bord wohl fühlen. Aber es ist nur natürlich, dass sie unter der Seekrankheit leiden. Glauben Sie mir, Sir, das geht vorüber. Wenn wir die irische See hinter uns gelassen haben, werden wir genauer sehen, wie es das Wetter mit uns meint. Sie müssen wissen, mit diesem Schiff können wir bei günstigem Wind eine sehr schnelle Reise machen. Aber das natürlich zu dem Preis, dass es etwas ungemütlich sein wird, für die nächsten Tage und Wochen«, sagte Kapitän Archibald Williams, der breitbeinig auf dem Achterdeck des Schoners stand. Er hielt sich mit einer Hand an einer Brasse fest, die andere hielt er zur Faust geballt hinter seinem Rücken. Er knetete mit den Fingern, denn es war kalt an diesem 16. November 1775 und alle an

Deck waren durchnässt und froren.

Benjamin Jenkins und seine junge Ehefrau Molly waren auf dem Weg in die nordamerikanischen Kolonien, um dort die Geschäfte einer Werft zu übernehmen. Leider waren sie gezwungen gewesen, ein Schiff zu nehmen, das noch einen Umweg über die Kapverdischen Inseln nahm, um dort Handelsware umzuschlagen. So würde man die vorherrschenden Winde am Besten nutzen können. Dies sei, wie man ihnen versichert hatte, die gängige Route nach Amerika. Welche Ware allerdings umgeschlagen werden sollte, war Benjamin nicht bekannt. Der Laderaum war fest verschalkt, und das Schiff schien auch nicht sehr schwer beladen zu sein.

Jenkins, der keine Ahnung von Schiffbau und Seefahrt hatte, versuchte bei jeder Gelegenheit so viel wie möglich über das Zusammenspiel von Mannschaft und Schiff, über die Bauweise von Rumpf und Takelage, sowie über die Schiffsführung und Navigation herauszufinden. Dabei war er jedoch schon mehrmals von den Seeleuten hinters Licht geführt worden, die sich eine Spaß daraus machen, der Landratte Jenkins phantasievolle Erklärungen zu allen möglichen Ausrüstungsgegenständen zu geben. Erst als er dem Steuermann eine Entlohnung anbot, begann dieser sein Wissen preiszugeben. Dem Kapitän gefiel das Interesse des jungen

Mannes, aber er hatte auch seine Vorbehalte, denn schließlich war er als Schiffsführer darauf aus, das Passagiere und Seeleute stets Distanz wahrten.

»Wie meinen Sie das, dieses Schiff? Ist es etwas besonderes?«, fragte Jenkins, der sich mit beiden Händen festhalten musste, um wegen des Seeganges nicht zu stürzen, oder gleich über Bord zu gehen. Auch er litt an der Seekrankheit, seine Neugier war aber stärker. Und endlich hatte er Gelegenheit, den Kapitän zu fragen.

»Nun, das will ich meinen, Sir! Diese Schiff ist eine neue Konstruktion aus der Provinz Massachusetts. Genauer gesagt, aus Gloucester nördlich von Boston.«

Benjamin nickte. Ihm war schon aufgefallen, das sich Rumpf und Takelage diese Schiffes von den anderen im Hafen unterschieden hatten. Er hatte die fehlenden Rahen bemerkt und auch die relativ kleine Besatzung von 25 Mann kam ihm seltsam vor. Bisher hatte er aber nicht gewagt, seine Beobachtungen kund zu tun und sich mit seinen Fragen eventuell zu blamieren.

Sie waren nun drei Tage von Dublin weg. Der Kapitän hatte wegen des starken Nordwestwindes, der sich mehr und mehr zum Sturm auswuchs die südliche Route um Irland gewählt, in der Hoffnung, dass sich das Wetter bessern möge, wenn man den offenen Atlantik erreichte.

Benjamin sah den Männern zu, die Taue längs des Decks spannten.

»Warum tun die Männer das?«, fragte er den Steuermann.

»Wir erwarten schlechtes Wetter, Sir. Es dient zur Sicherheit.«

»Wie, Sie erwarten schlechtes Wetter? Ist das hier nicht schon schlecht genug?«

Der Steuermann grinste.

»Jedenfalls noch kein Sturm, will ich meinen, Sir.«

Mit jeder Seemeile, mit der man sich dem offenen Atlantik näherte, schien der Wind stärker zu werden. Schon lagen die Scillys an Backbord, ein sicheres Zeichen, dass man viel zu weit nach Süden abgedriftet war. Benjamin machte sich unter großen Mühen auf den Weg zurück zu seiner Kabine, um nach Molly zu sehen. Wegen des starken Seeganges dauerte diese Unterfangen ewig lange. Die Seeleute sahen dem bedauernswerten jungen Mann grinsend nach. Benjamin bekam von der weiteren Diskussion des Kapitäns und seines Steuermannes nichts mehr mit.

Der Steuermann legte dem Kapitän nahe, in den Kanal abzudrehen und in Falmouth einen sicheren Hafen zu suchen und das Wetter abzuwarten. Doch Kapitän

Williams winkte ab.

»Liegegebühren, Zeitverzögerung, Kosten über Kosten! Der Hafenverwalter dort ist nicht besser als ein Strandpirat. Wir wollen versuchen, die Ile de Quessant zu umrunden, was uns mit etwas Glück gelingen mag. Notfalls gehen wir in der Bucht von Ushant vor Anker, dort sind wir ebenfalls geschützt.«

»Aber das gehört zu Frankreich, Sir!«, gab Simpson, der Steuermann erschrocken zurück.

»Na und? Im Moment herrscht Frieden. Der Handel läuft gut und es gibt keinen Grund, die Franzosen zu fürchten.«

Der Steuermann schaute mürrisch drein. Zu lange hatte er bei der Navy gedient und gegen die Franzosen gekämpft. Er sprach sogar ein paar Brocken dieser flötenden Sprache. Aber eine englische Hafenschänke war ihm allemal lieber als eine französische. Bei diesem Sturm konnten Tage vergehen, bis man weiterkam. Und bis sich die beiden Nationen wieder bekämpften, würde es auch nicht lange dauern.

»Ist noch etwas, Mr. Simpson? Meine Befehle sind klar! Lassen Sie Segel kürzen. Wir setzen Kurs auf die Ile de Quessant, Ich gehe nach unten und stecke den genauen Kurs ab!«

»Aye, Sir!«, gab der Steuermann mit finsterer Mine

zur Antwort.

Auf dem Weg zur Kajüte traf der Kapitän erneut auf Benjamin, der sehr blass aussah. Benjamin versuchte gerade, etwas Wasser für seine junge Frau zu holen.

»Na, junger Freund, geht es Mrs. Jenkins besser?«, fragte er, obwohl das offensichtlich nicht der Fall war.

»Danke der Nachfrage, es geht...«, sagte Benjamin und würge dabei etwas.

»Würden Sie und Mrs. Jenkins mir die Freude machen und heute meine Einladung zum Dinner annehmen? Ich habe auch Mr. Cooper eingeladen. Dann lernen Sie sich endlich kennen.«

»Was? Äh, ich meine, das ist uns natürlich eine hohe Ehre, Sir. Ich, jedoch..., äh. Ich weiß nicht...«

»Sagen wir um sieben?«

Benjamin nickte. Molly würde ihn umbringen. Vorausgesetzt, dass sie überhaupt aufstehen würde können. Seit Tagen lag sie in ihrer Koje, und erbrach alles, was Benjamin versuchte ihr einzuflößen. Nur etwas Wasser und Brot hatte sie behalten können. Dieser Einladung konnten Sie unmöglich nachkommen. Doch trotz allem war Benjamin neugierig auf diesen Cooper, den er bisher noch nicht zu Gesicht bekommen hatte. Zwar hatte Benjamin zwei große Reisekoffer gesehen, die in die Kabine erster Klasse gebracht worden waren, als auch sie an Bord gekommen waren, aber besagten Herren hatte man bis jetzt nicht gesehen. Wahrscheinlich lag auch er seekrank in seiner Koje. Benjamin wollte unbedingt an diesem Dinner teilnehmen, auch wenn klar war, dass er heute kaum einen Bissen hinunterbringen würde.

Sturm

Hatte Benjamin Jenkins gedacht, das Wetter und der Seegang könnten kaum noch schlechter und stärker werden, so hatte er sich damit gründlich getäuscht. Bis zum Nachmittag verstärkte sich der Wind derart, dass fast alle Segel geborgen werden mussten. Die Seeleute zurrten alles fest und die Passagiere durften nicht mehr an Deck. Der Wind wehte nun aus Nordnordwest und schob gewaltige Wellenberge aufeinander. Das Schiff ächzte und knarrte, in den Wanten und Brassen pfiff der Wind und mit dem Donnern und Rauschen der Brecher ergab sich so eine grausame Kakophonie, ein ohrenbetäubender Lärm, der die verängstigten Landratten in ihren Kabinen und Verschlägen um ihr Leben fürchten ließ. Molly und Ben wurden in ihren Kojen hin und her geschleudert, nur die seitlich hochgespannten Segeltuchbarrieren verhinderten, dass sie herausfielen. Es stank nach Erbrochenem, Schweiß und anderen Körperausscheidungen. Zudem war es feucht und bitterkalt. Hatte Molly zunächst noch gehadert und geschimpft, dass Ben sie auf diese Reise gezwungen habe, dass es die Gottes Strafe sei für den Betrug, durch den sie aus Irland geflohen waren, so war sie nun nur noch verängstigt und wimmerte. Benjamin, dem es nicht viel besser ging, versuchte dennoch, sie zu trösten und ihr Mut zuzusprechen, wenngleich die Worte eigentlich für ihn selbst waren.

»Es geht wieder vorüber, jeder Sturm ist einmal zu Ende, Liebste. Wir werden das schon schaffen. Das ist ein gutes Schiff, ganz modern, es ist besonders stark und schnell.«

Da klopfte es an der Kabinentüre.

»Sir? Mylady? Kapitän Williams bittet untertänigst um Verzeihung, aber das Dinner fällt wegen des Sturmes leider aus. Er bittet Sie um Verständnis«, sagte der Steward, der nicht auf eine Aufforderung die Türe zu öffnen gewartet hatte und einfach den Kopf hereinstreckte.

»Äh, ja, vielen Dank! Sagen Sie dem Kapitän, ... äh, dass wir das sehr bedauern. Wir wären gerne seiner..., Einladung gefolgt«, presste Benjamin hervor. Dabei kam ihm ein Schwall hoch, den er gerade noch mit der Hand zurückhalten konnte.

Der Steward schlug die Türe wieder zu und hangelte sich zurück zum Kapitän. Diese Antwort auszurichten hielt er zwar für überflüssig, aber er konnte sie auch nicht ignorieren. Das Schiff machte inzwischen die wildesten Sprünge und nur sehr erfahrene Seeleute konnten sich noch darauf bewegen. Kaum dass der Mann draussen war, erbrach sich Benjamin erneut in den festgebundenen Eimer neben der Koje. Er fühlte sich hundeelend.

Die Männer an Deck in ihrem Ölzeug hatten sich angeleint, zwei Mann standen am Steuerrad. Es war ihnen kaum mehr möglich, den Kurs zu halten.

Der erste Steuermann war wieder auf dem Weg zum Kapitän, gerade als der Steward die Nachricht von Jenkins ausgerichtet hatte. Die beiden Männer stießen im Gang heftig aneinander, als das Schiff sich wieder senkte und sie mussten sich sekundenlang aneinander festhalten. Fast sah es aus, als wollten sie ein Tänzchen wagen.

»Mach' Platz, Smut, ich muss zum Käpt'n!«, raunte Simpson.

»Mach' selber Platz, Simpson! Soll ich mich in Luft auflösen?«

Sie drängten sich in dem Gang aneinander vorbei und Simpson hangelte sich weiter zur Kapitänskajüte.

»Was ist los, Simpson? Warum haben Sie ihren Posten verlassen?«, fuhr ihn der Kapitän an, als der Steuermann vor ihm stand.

»Sir, bei allem Respekt! Wir können den Kurs nicht länger halten! Der Wind wird immer noch stärker und treibt uns zu weit ab. Wir verpassen Quessant. Wir sollten vor Top und Takel lenzen und uns nach Süden in den Golf treiben lassen. Dort haben wir genügend Seeraum!«

»Dann verlieren wir sehr viel Zeit. Das wird dem Eigner nicht gefallen. Aber Sie haben Recht, wenn wir Ushant nicht anlaufen können, und nicht weiter nach Westen kommen, können wir nur beidrehen und hoffen, dass es sich ausbläst.«

»Wenn nicht, laufen wir allerdings Gefahr an der Küste zu zerschellen!«, gab Simpson ängstlich zurück.

»Dann laufen wir einen sicheren Hafen an. Ich kenne die Küste hier gut. Wir werden Lorient ansteuern. Lassen Sie beidrehen! Wir lenzen vor Top und Takel! Ich komme an Deck, wir müssen versuchen, Ushant zu peilen. Wir brauchen unseren Standort! Es wird bald dunkel«

Mithilfe des Phare du Stiff, des Leuchtturmes von Ushant, der seit fast hundert Jahren auf der Ile de Quessant stand, hatte schon so mancher Seemann sein Leben retten können. Sein Licht war Peilmarke in der

Nacht, der Turm Landmarke am Tag. Zumindest war es so möglich, eine genaue Linie zu ermitteln auf der sich das Schiff befand. Die Entfernung zum Leuchtturm konnte man nachts nur schätzen, am Tag war diese Einschätzung natürlich wesentlich genauer. Der Turm markierte die südliche Begrenzung der Einfahrt in den Ärmelkanal und galt als der westlichste Punkt Frankreichs. Seine aussergewöhnliche Doppelturmform machte ihn unverkennbar.

Der Steuermann Tom Simpson machte sich seine Gedanken. Schon als Irland noch in Sicht war, hätte man versuchen müssen, so sich so weit westlich wie möglich zu halten. Viel zu lange waren sie auf dem bequemeren Südwest-Kurs geblieben. Die Passagiere waren sowieso seekrank, ein paar Tage Sturm und man wäre auf dem offenen Atlantik gewesen. Nun war es zu spät und der Seeraum begrenzt. Aber er war nicht der Kapitän. Er hatte zu gehorchen.

Als sie an Deck standen, rief Williams den Ausguck im Fockmast an. Seine laute Stimme trotzte dem Orkan. Der Ausguck winkte und zeigte in eine Richtung mehr achterlich als querab.

»Verdammt, wir sind schon längst vorbei. Lassen Sie uns vor den Wind gehen!«, brüllte er Simpson ins Ohr.

Sie mussten die Masten entlasten und alle Segel bergen, damit sie nicht brachen. Nur ein kleines Sturmsegel wurde am Fockmast gesetzt, um das Schiff vor dem Wind zu halten. Die Brecher rollten über das Heck und begruben regelmäßig die beiden Rudergänger unter sich. Der Druck auf das Ruder selbst war jetzt nur noch gering, nur wenn ein Brecher das Heck erfasste, mussten sie es festhalten. Zusätzlich sicherten sie es darum mit starken Tauen. Dann ließ der Schiffsführer die Geschwindigkeit loggen, sie liefen vor dem Sturm mit 7 Knoten. Alle Wanten und Brassen waren hart gespannt, aber die Masten sicher. Noch einmal peilte der Kapitän Ushant, es lag nun beinahe hinter ihnen. Auf diesem Kurs konnten sie nun mindestens 200 Seemeilen laufen, ohne dem Land zu nahe zu kommen. Hinein in Golf von Biscaya.

»Wecken Sie mich, wenn der Wind sich dreht, Simpson! Sie halten Wache!«, rief der Schiffsführer dem Steuermann zu.

Nacht

Benjamin schreckte mitten in der Nacht hoch. Das Schiff schien nun ruhiger zu fahren, es machte wesentlich weniger starke Bewegungen. Trotzdem schlingerte es noch gewaltig. Molly, die neben ihm lag, schlief. Sie war so erschöpft gewesen, dass er fürchtete, sie würde ohnmächtig werden. Aber nun schlief sie tatsächlich und schnarchte leise. Das beruhigte Benjamin etwas. Er hatte unheimlichen Durst. Seine Kehle fühlte sich trocken an und schmerzte von den erbrochenen Magensäften. Er hatte das Gefühl, sie wäre regelrecht durch die Magensäure verätzt und bestünde aus bitterem Sand. Er musste unbedingt etwas trinken. In der kleinen Kabine war normalerweise immer ein Krug mit Wasser, aber wegen des starken Seegangs war dieser nicht wieder aufgefüllt worden. Der Krug hing angebunden an der Wand, die erst nachträglich eingezogen worden war, um mehr Kabinen zu schaffen. Die gesamte Kabine war nicht länger als sieben Fuß, bei einer

Breite von etwa fünfeinhalb Fuß. Nur ein kleiner Teil ihres Gepäcks hatte Platz gefunden, es gab noch ein Brett, auf dem man Notizen machen konnte und einen Hocker, um sich davor zu setzen. Bei Benjamins Körpergröße war dies allerdings eine Qual. Darum versuchten Molly und Benjamin, so oft wie möglich, Zeit an Deck zu verbringen, was allerdings nur an den ersten beiden Seetagen möglich gewesen war. Benjamin band den Krug los und machte sich auf den Weg. Er wollte zum Zwischendeck, wo ein Wasserfass stand, dass ausschließlich für die Passagiere der »Bride of Boston« reserviert war. Ein spärliches Lichtlein beleuchtete den Weg.

In der Nachbarkabine musste dieser Cooper logieren. Bisher hatte man von diesem aber weder etwas gehört oder gesehen. Benjamin wunderte sich sehr, denn bisher war es in dieser Kabine mucksmäuschenstill gewesen. Von allen anderen Passagieren hörte man jeden Atemzug in diesem hellhörigen Ambiente. Er und Molly pflegten nur zu flüstern, was aber von den restlichen Mitreisenden nicht getan wurde. Mitunter hörte man Paare laut miteinander streiten, man bekam mit, wenn jemand hustete, schnarchte, sich erbrach oder anderweitig erleichterte. Benjamin und Molly hatten gleich in der ersten Nacht begonnen, die jeweiligen Geräusche den einzelnen Reisenden zuzuordnen. Nur von diesem Cooper fehlte jede akustische Spur. Sie hatten das Lachen von Misses Grand eben so schnell identifiziert, wie das Schnarchen ihres Ehemannes. Vor allem, weil sie ihn nachts lautstark weckte, wenn es dies tat. Sie kannten die fiebsige Stimme der Frau von Mister Christian Trelany, Margret, ebenso wie sein Rülpsen, wenn er getrunken hatte. Und das, obwohl sie nur zwei Nächte ohne Seekrankheit an Bord verbracht hatten. Ab dem dritten Tag war die Fahrt zur Tortur geworden und nun war erst der fünfte Tag der Reise angebrochen. Benjamin beschloss auf dem Weg zum Wasserfass, dass er am nächsten Morgen diesem Mr. Cooper einen Besuch abstatten würde, um sich vorzustellen. Alle anderen Mitreisenden hatten wenigstens den Anstand besessen, sich bekannt zu machen. Das Schiff machte in diesem Moment wieder einen seiner Bocksprünge und Benjamin fiel regelrecht durch die Luft. Er kam ziemlich genau vor dem Fass an und klammerte sich mit einer Hand daran fest. Wie durch ein Wunder war der Krug heil geblieben.

»Zerschlagen Sie mir den Krug nich', Sir!«, hörte er eine Stimme hinter sich. Es war der Koch und Kapitänssteward Mills, ein alter Seemann, der hier so etwas wie Narrenfreiheit hatte. Er fuhr seit vierzig Jahren zur

See und war etwa Anfang 50.

»Auf See gibt's keinen Ersatz!«

»Nein, nein, Mr. Mills. Ich brauche nur etwas Wasser. Ich gehe natürlich davon aus, dass wir den Krug noch brauchen«, sagte der junge Mann und versuchte mit einer Hand den Fassdeckel abzuheben, was aber sehr schwierig war und Benjamin sich zum einen wegen der Schiffsbewegungen dauernd festhalten musste und zum anderen ja auch noch den Krug in der in der Hand hatte.

Mills ging auf Benjamin zu, ohne sich festzuhalten. Er öffnete das Fass, nahm Benjamin den Krug aus der Hand, schöpfte damit Wasser und reichte es Benjamin. Dann stemmte er seine Fäuste in die Hüfte, glich breitbeinig die nächste Schiffsbewegung aus und grinste ein zahnloses Grinsen.

»Na, ob Dir Seebeine wachsen, bis wir in den Kolonien sind, Jungchen?«

»Ich hoffe es«, antwortete Benjamin. Doch da er dazu von Trinken absetzte, verschüttete er das Wasser über sein Hemd wegen des nächsten Rollers.

»Ha, ha, ha!«, lachte der Alte. »Glaub' ich kaum!«

Benjamin fasste sich ein Herz und fragte nach Mr. Cooper.

»Cooper, Kabine 2«, sagte Mills nur, »Na, klar, hab'

seinen Koffer eigenhändig runter getragen. War verdammt schwer. Hat auch noch 'ne Menge Kisten im Frachtraum. Handlungsreisender, glaub ich.«

»Ja, aber wo ist er? Ich habe ihn noch nie zu Gesicht bekommen.«, fragte Benjamin.

Mills zuckte mit den Schultern.

»Wird halt auch seekrank in seiner Koje liegen und kotzen. Wie alle Landratten!«

»Sehr seltsam. Ich habe noch keinen Mucks von ihm gehört.«

Mills kam sehr nahe an Benjamin heran. Sein Atem stank nach Rum.

»Ich kann mir schon denken, warum...«, sagte er konspirativ.

»Ja, wirklich?«, fragte Benjamin neugierig flüsternd.

Mills packe Benjamin am Kragen und kam noch näher:

»Vielleicht braucht er seinen Krug ja nicht mehr!«

»Was? Warum denn das?«

»Vielleicht ist er schon verreckt?«, flüsterte Mills in Benjamins Ohr.

Benjamin schaute erschrocken.

»Oh, mein Gott!«, entfuhr es ihm. »Dann sollten wir umgehend nach dem Mann sehen!«

»Oder, nein! Vielleicht kotzt er einfach nur sehr leise?«, rief er laut in Bens Ohr.

Benjamin schaute entgeistert.

»Ha, ha, ha!«, Mills schlug Benjamin auf die Schulter und ging lachend davon.

Lorient

Das Wetter wurde nicht besser. Der Sturm schien sich überhaupt nicht auswehen zu wollen. Auch wenn es zunächst so ausgesehen hatte, als sei genügend Seeraum nach Lee, so kam die bretonische Küste doch in bedenkliche Nähe. Im Laufe des Tages konnte man einmal die Küstenlinie erkennen, eine genaue Peilung war aber leider nicht zu machen. Zu schlecht war die Sicht, zu hoch die Brecher, so dass auch ein Loten der Tiefe und Feststellung der Grundbeschaffenheit unmöglich waren.

Doch den Kapitän schienen diese Schwierigkeiten kalt zu lassen. Er stand in seinem geteerten Mantel und Hut auf dem Achterdeck und starrte in Richtung Küste. Mit eisernem Griff hielt er sich dabei an einer Want fest. Wieder und wieder spülten eiskalte Brecher über das Deck und begruben ihn und die beiden Männer am Steuerrad für endlos scheinende Sekunden. Jedesmal war die Kraft der übergehenden Seen so groß, dass sie einen Mann davonreissen hätten können, doch die Drei hielten stand. Dabei wäre es nicht verwunderlich gewesen wenn nach einem dieser gewaltigen Brecher einer der Männer nicht mehr da gewesen wäre. Ein Überbordgehen hätte den sichern Tod bedeutet, jede Rettungsaktion wäre im Ansatz gescheitert.

Dann, am frühen Nachmittag ließ der Kapitän plötzlich den Kurs ändern. Nicht viel, aber genug, um auf die Küste zuzulaufen. Die Männer am Steuer befolgten den Befehl ohne zu zögern. Sie vertrauten ihrem Skipper. Den ganzen Tag hatte er auf ein Zeichen, ein Signal, einen Hinweis gewartet, der ihm genau sagte, was nun zu tun war. Es war das Leuchtfeuer von Kerroch, das die Einfahrt in die Mündung des Blavet markierte. In dieser geschützten Bucht wollte der Kapitän der »Bride« Zuflucht suchen.

Als sie das Kap umrundet hatten, kamen sie in die Abdeckung der Insel Groix. Mit einem Mal war die See ruhiger und der Kapitän ließ zwei weitere Segel setzen. Sie erreichten noch vor Sonnenuntergang einen guten Ankerplatz mitten in der Mündung. Wegen der starken Gezeiten in diesen Gewässern hielt der Kapitän einen respektvollen Abstand zum Ufer und ließ immer wieder die Wassertiefe loten. Es herrschte gerade Flut welche das Schiff zusätzlich in Richtung der Mündung schob. Die »Bride« of Boston drehte sich um ihren Anker, als dieser griff und blieb schließlich mit dem Bug in Richtung Ausfahrt stehen. Jetzt musste das große Beiboot zu Wasser gelassen werden, um den Heckanker auszubringen, der das Schiff bei Kentern der Flut,wenn sich die Strömung umdrehte, in Richtung und Position halten sollte. Als die Männer all diese Manöver ausgeführt hatten, senkte sich bereits die Nacht über die Bretagne.

»Wir bekommen Besuch!«, sagte der Steuermann zu Kapitän Williams und spuckte mit dem Wind ins Meer.

»Ich weiß. Die Franzosen lassen nicht lange auf sich warten. Ich bin in meiner Kajüte, Simpson. Führen Sie den Offizier oder den Beamten, der dort auf dem Boot herüberkommt, zu mir. Ich möchte ihn auf ein Gläschen einladen. Und dann geben Sie der Mannschaft eine Ration Rum.«

»Aye, Sir«, sagte Simpson verächtlich. Diese verdammten Froschfresser auch noch hofieren. Das hatte ihm gerade noch gefehlt. Und nach hunderten von Meilen auf dem falschen Kurs auch noch vor der Nase der Franzmänner übernachten.

Das Boot wurde von vier Ruderpaaren angetrieben und kam schnell näher. Ein kleiner uniformierter Mann stand achtern und machte sich bereit, an die Fallreeps-leiter zu springen. In dem Moment, als das Heck des Bootes sich hob, sprang er ab und packte im richtigen Moment nach der Leiter. Binnen weniger Sekunden stand er an Deck.

»Springt wie ein Frosch!«, raunte der Midshipman Haynes seinen Kameraden zu, die seine Bemerkung mit einem Grinsen quittierten.

»Bonjour Messieurs! Isch bin Lietnant Raoul de Bastonje. Isch wünsche umgehend die Kapitan zu sprechen!«, sagte der junge Franzose und hob höflich seinen Hut, nachdem er auf dem Deck stand.

»Aye, Sir!«, antwortete Simpson knapp, tippte an seine Mütze und wies in Richtung achterer Niedergang. »Hier entlang, Misiö!«

Die Seemänner der »Bride of Boston« bedrängten den Mann zunächst, indem sie sich in seinen Weg stellten, bildeten dann aber eine enge Gasse und ließen den Besucher durch. Einer von ihnen begann leise zu singen:

»Farewell and adieu, to you spanish ladies,
farewell and adieu, to ladies of spain...«
(Lebt wohl und adieu, Ihr spanischen Mädchen,
lebt wohl und adieu, Ihr spanischen Frau'n)

Unsicher ging der Offizier langsam weiter. Einer der Männer rempelte ihn leicht an. Dabei verschüttete er etwas von seiner Rumration. Er machte ein finsteres Gesicht.

»Oh, Pardon, Misiö!«, raunte er.

Der einzelne Sänger sang weiter:

»For we've recieved orders to sail for old England,
    but we hope in a short time to see you again!«
    (Wir haben Befehl, für England zu segeln,
    doch wir hoffen schon bald, Euch wieder zu sehn)

Da fielen alle Mann in den Refrain ein, und laut donnerten ihre Stimmen das alte Navy-Kampflied:

We'll rant and we'll roar, like true british sailors
we'll rant and we'll roar, out on the salt seas.
Until we stike soundings in the channel of old
England
From Ushant to Scilly is thirty-five leagues!«

(Wir wollen fluchen und brüllen, wie echte britsche
Seeleut',
schimpfen und schreien, draussen auf salzigem Meer.
Bis wir den Grund des guten alten englischen Kanals

loten geschwind,

von Ushant bis zu den Scillys sind's 35 Schläge

(kreuzen wir 35 mal) gegen den Wind

Dabei verengten sie die Gasse mehr und mehr, sodass der Franzose sich durchdrängen musste. Schließlich hatte er die letzten Männer passiert. Eingeschüchtert lief der Offizier schnell Simpson hinterher und verschwand im Niedergang, während die Männer laut lachten und schließlich weitersangen.

In ihrer Kabine hatte das Ehepaar Jenkins die Stimmen singen hören und gerade hatte Molly gemeint, dass sie es liebe, wenn die Seemänner ihre Shanties zum besten gaben. Sie wollte sofort an Deck, um zuzuhören. Doch Benjamin hatte den kampflustigen, provokativen Unterton herausgehört, der diesmal im Spiel war.

»Warte einen Moment, Liebling, irgendetwas ist anders. Ich denke, wir sollten lieber hier unten bleiben. Wie ich hörte, gab es Schnaps für die Männer. Ich fürchte, der eine oder andere könnte sich vergessen und ungebührlich benehmen.«

»Du vergisst, dass ich in Dublin oft mit sich ungebührlich benehmenden Männern zu tun hatte. Ich kann mich sehr gut wehren!«, gab Molly beleidigt zurück.

»Ich weiß. Aber wir müssen auf diesem Schiff noch

viele Wochen aushalten. Wir sollten die Distanz wahren und uns nicht mit den gemeinen Seeleuten abgeben. Du bist jetzt nicht mehr die kleine Fischverkäuferin Molly Malone, sondern Mrs. Morgana Jenkins. Eine ehrbare Ehefrau.«

»Aha. Willst Du mich jetzt einsperren, Mr. Jenkins? Ich bin aber kein Täubchen, das man in einen Käfig sperrt. Auch nicht in einen goldenen!«, gab die junge Frau angriffslustig zurück.

»Nein, nein! Das will ich nicht! Ich will Dich nur beschützen!«, gab Benjamin nun etwas beleidigt zurück, »Das musst Du doch verstehen!«

»Dann komm mit an Deck. Wenn mich jemand da oben ungebührlich behandelt, kannst Du ja zeigen, was für ein Mann Du bist!« Sie stand auf und griff nach ihrem Schal und Hut.

»Morgana, bitte. Sei doch vernünftig!«

»Und nenn' mich nicht Morgana! Ich mag diesen Namen nicht!«

Molly stand auf und nahm ihren Hut und Mantel. Benjamin zog sich ebenfalls an, denn er wußte, dass er sie nicht bremsen konnte. Doch an Deck war es nun ruhig, der Steuermann hatte alle in die Quartiere befohlen. So hatten die Seeleute sich in ihre Hängematten in den Räumen vor dem Fockmast zurückgezogen und genossen ihre Brandweinration. Es war den Passagieren nicht gestattet, sie dort aufzusuchen. Nur Haynes und Simpson waren an Deck und behielten das Boot der Franzosen im Auge. Es regnete leicht, und die Wolken schienen bis auf das Meer gefallen zu sein.

»Hier gibt's nichts zu sehen, Herrschaften! Die Franzmänner hocken in ihrem Kahn und warten auf ihren Lieutenant. Der ist beim Kapitän. Wahrscheinlich säuft ihn Williams grade unter den Tisch«, sagte Haynes und grinste.

»Halt die Schnauze, Haynes! Wenn der Kapitän das hört, gibt's ne Abreibung, die Du Deiner Lebtag nicht vergisst!«, fuhr ihn Simpson an. Und zu Molly und Ben sagte er mit gespielter Freundlichkeit:

»Es ist sehr feucht und kühl, verehrte Herrschaften. Sie sollten unter Deck bleiben. Der Koch wird Ihnen eine heiße Brühe machen. Bitte unterschätzen Sie dieses Klima nicht.«

»Schade, ich dachte, ich sehe etwas von Frankreich, oder wenigstens ein klein wenig von der Küste«, sagte Molly, »und wir hörten die Männer singen. Wissen Sie, Mr. Simpson, ich mag Shantys sehr gerne.«

»Na, da wird's schon noch Gelegenheit geben, Misses. Wenn Sie wollen, sing ich Ihnen auch was vor!«, grinste Haynes.

»Reiss' Dich zusammen, Haynes! Die Herrschaften wollen Dein Gejaule bestimmt nicht hören! Verzeihen Sie bitte diesem ungehobelten Klotz aus der Gosse. Aber die Handelsmarine muss heutzutage nehmen, was sie kriegt«, sagte Simpson nun grimmig.

»Schon gut, Mr. Simpson. Wir werden Ihren Rat beherzigen und wieder unter Deck gehen. Wenn Sie gestatten, gehen wir nur ein paar Schritte, denn etwas Bewegung wird uns gut tun«, sagte nun Benjamin, dem die Situation sehr komisch vorkam. Es war ungewöhnlich, dass bereits um diese frühe Abendstunde niemand mehr an Deck war. Nach einiger Zeit, Benjamin und Molly waren etliche Male das Deck entlanggewandert, kam der Kapitän mit seinem Gast an Deck. Im Laternenlicht an Deck erkannte man, dass der junge Mann etwas schwankte. Als er Molly erblickte, riss er sich zusammen und ging auf das Paar zu.

»Madame, gestatten Sie dass isch misch Ihnen vorstelle. Mein Name ist Raoul de Bastonje, Lieutenant im Dienste seiner allergnädigsten Majestät, Louis seize, Könisch von Fronkresch und Navarra. Isch bin entzückt, eine so reizende junge Dame 'ier an Bord zu treffen.«

Er nahm Mollys Hand und deutete einen Handkuss an. Molly kicherte und errötete.

»Ähem!«, räusperte sich Benjamin, »Sehr erfreut, Monsieur le Lietnant. Darf ich vorstellen? Misses Morgana Jenkins. Meine Ehefrau.« Benjamin hatte sein bestes Französisch ausgegraben. De Bastonje horchte auf und antwortete in seiner Muttersprache:

»Ah, Sie sprechen sehr gut französisch, Monsieur Jenkins. Das ist schön. Hatten Sie schon einmal Gelegenheit, unser schönes Land zu bereisen?«, antwortete de Bastonje in seiner Muttersprache.

»Leider nicht. Das hier ist sozusagen unser erster Aufenthalt. Ich hoffen, Sie konnten alle Formalitäten klären? Soweit ich weiß, sind wir nur kurz hier, um dem widrigen Wetter zu entgehen.«

»Wie? Äh, natürlich. Ja, nun. Ich muss mich dann auch schon wieder verabschieden. Ich wünsche Ihnen alles Gute. Madame, es hat mich sehr gefreut. Ich darf hoffen, Sie wiederzusehen. Monsieur? Gute Reise. Au revoir!«

»Au revoir, Monsieur.« sagte Benjamin und machte eine unbeholfene höfische Verbeugung.

De Bastonje suchte den Blick des Kapitäns und nickte ihm zu. Damit verabschiedete sich der Franzose.

»Mrs. Jenkins, Sir? Sie sind noch an Deck? Sie sollten lieber in Ihre Kabine gehen, dieses feuchte Wetter ist sehr ungesund. Darf ich Sie morgen zum Frühstück einladen? Ich hoffe übrigens, wir können bald wieder weiterfahren.«

»Das ist zu freundlich, Kapitän, wir nehmen die Einladung gerne an. Werden auch andere Passagiere teilnehmen? Noch immer kennen wir nicht alle.«

»Äh, wir werden sehen, wir werden sehen...«

Damit war das Gespräch beendet. Der Kapitän verabschiedete sich und ging zurück in seine Kajüte. Simpson und Haynes standen da und starrten das Ehepaar an. Schließlich machten diese sich ebenfalls auf den Weg unter Deck.

In der Nacht schreckte Benjamin hoch. Er hatte einen entsetzlichen Traum gehabt. Molly schlief neben ihm, sie atmete ruhig und gleichmäßig. Im Dunkeln ihrer Kabine versuchte sich Benjamin zu orientieren. Vorsichtig tastete er nach einer Decke und wickelte sie sich um, denn er trug nur ein Nachthemd und Socken. Er musste sich dringend erleichtern. Dazu gab es einen Nachttopf, der unter der Koje in einem Fach verstaut war. Benjamin zog ihn heraus, musste aber feststellen, dass ihn der Steward nicht geleert hatte. Eine weitere Befüllung seinerseits schloss sich aus, denn das Fassungsvermögen dieses Behältnisses war begrenzt. Also musste Ben ihn selbst ausleeren. Unendlich langsam, um keine Lärm zu machen, verließ er die Kabine. Da ihn die Decke behinderte, ließ er sie zurück. Im Gang brannte glücklicherweise eine Laterne, so dass er sah, wohin er musste. Es war klamm und kalt. Doch das Schiff lag nun ruhig, Benjamin konnte endlich die Treppe hinauf, ohne sich festhalten zu müssen. An Deck war niemand zu sehen.

»Sehr seltsam«, dachte sich der junge Mann, »sonst immer war eine Wache hier.«

Er prüfte die Windrichtung, um seinen Topf nicht gegen den Wind zu leeren. Es gab ein plätscherndes Geräusch, Ben sah sich verstohlen um, denn es war ihm doch etwas peinlich. Dennoch wollte er sich auch gleich hier erleichtern. Dazu stellte der den Topf ab. Plötzlich hörte er Stimmen. Ben ging hinter dem Beiboot in Deckung. Es waren Franzosen. Sie sprachen gedämpft, absichtlich leise, mit einem Dialekt, den er als Engländer nicht einschätzen konnte. Es hörte sich an, als kämen die Stimmen vom Wasser. Ein Boot? Ja! Es kam anscheinend an der anderen Seite längsseits. Dann kletterte jemand an Bord. Benjamin lugte aus seinem Versteck. War das Simpson? Es war zu dunkel, um den Mann zu erkennen. Er drehte sich in seine Richtung. Benjamin duckte sich erneut und wartete etwas, bevor er wieder wagte, über das an Deck stehende Beiboot zu spähen. Eine zweite Person, etwas größer, kam ebenfalls an Bord. Haynes war es nicht. Das Boot, Benjamin hatte es ja nicht gesehen, legte scheinbar wieder ab, zumindest hörte man die Riemen eintauchen und leicht platschen. Ben verharrte in seiner Deckung. Als Benjamin wieder einen Blick riskierte, waren die beiden Gestalten verschwunden. Niemand war an Deck. Benjamin nahm seinen Nachttopf und wollte gerade zurückgehen, als ihm einfiel, dass er sich eigentlich hatte erleichtern wollen und dann mit einem leeren Topf zurückzukehren, damit Molly nicht das gleich Problem wie er haben würde. Also ging er wieder zur Backbordseite und hob sein Nachthemd hoch.

Als er da so an der Reling stand und der Natur ihren Lauf ließ, packte ihn plötzlich jemand von hinten an den Beinen unterhalb der Hüfte, hob ihn hoch und drückte ihn über die Reling.

Benjamin bekam mit der linken Hand gerade noch die Want zu fassen und schwang nach links weg. Doch er konnte sich festhalten. Er hatte nicht erkannt, wer ihn attackiert hatte. Sein Nachthemd flatterte im Wind und er versuchte vergeblich, mit seinen nackten Füssen Halt zu finden. Aber da war nichts, nur die glatte Bordwand. Das Brett, das die Wanten vom Rumpf abhielt lag höher, zu hoch für Benjamin, um als Ungeübter die Füße darauf zu bringen. Doch schließlich bekam er mit der rechten Hand eine weitere Want zu fassen und konnte sich so abfangen.

Der Angreifer schlug sofort auf Benjamins linke Hand ein, bis dieser losließ, Benjamin rief um Hilfe, was allerdings wegen der ungewohnten Anstrengung und dem ersten Schock etwas leise ausfiel. Da erkannte Ben den Angreifer. Es war Haynes.

»Haynes! Was soll das? Helfen Sie mir sofort wieder an Bord! Sind Sie wahnsinnig?«, schrie er ihn an. Doch Haynes grinste nur und schlug mit der Faust auf die andere Hand ein. Ben ließ nicht los, obwohl die Hand stark schmerzte. Auch mit der Linken fasste er wieder Halt. Da sah er im Halbdunkeln, wie der Nachttopf von hinten auf den Kopf von Haynes herabsauste und mit einem lauten Scheppern auf diesem zerbrach. Haynes sackte augenblicklich kraftlos zusammen. Hinter ihm stand Molly und hielt noch den Henkel des Pot de chambre in der Rechten.

Haynes tat keinen Mucks.

»Ben!«, rief sie »Halt aus! Ich hole Hilfe!«

»Nicht nötig, Liebste ich komme zurecht.«, sagte Benjamin während er sich nicht ohne Mühe wieder zurück an Deck arbeitete.

»Das ist doch dieser Haynes! Warum wollte er Dich über Bord werfen? Hattet Ihr Streit? Und warum war sonst niemand an Deck? Es sind doch immer zwei zur Wache eingeteilt!«, sagte Molly aufgebracht. »Ich gehe sofort zum Kapitän!«

»Was ist hier los?«, rief nun plötzlich eine laute Stimme. Es was Simpson, der Steuermann, »Was ist mit Haynes? Ist er betrunken?«

Das war der übliche Grund, wenn ein Seemann nicht mehr auf seinen Beinen stehen konnte.

»Nein. Er hat versucht, meinen Mann umzubringen, indem er ihn über die Reling gestoßen hat. Ich hab' ihn hiermit niedergeschlagen«, sagte Molly und schwenkte den Henkelrest vor dem Gesicht des Steuermannes.

»Was zum Teufel...! Das kann doch nicht sein! Haynes, wach auf, Du verdammter Bastard! Stimmt das? Der Käpt'n lässt Dich in Eisen legen!«

Doch Haynes stöhnte nur und murmelte unverständlich.

»Er ist schwer verletzt. Ich bringe ihn zur Krankenstation. Gehen Sie zu Kapitän Williams«, sagte Simpson etwas nervös.

»Wer soll sich um ihn kümmern? Schließlich gibt es keinen Arzt an Bord«, fragte Benjamin.

»Ein Eimer voll Seewasser wirkt bei einem Seemann Wunder! Dazu eine Ration Rum und der Mann ist wie neu. Haynes ist hart im Nehmen!«, sagte Simpson, packte sich den Kameraden wie einen Sack über die Schulter und schleppte ihn so zum Niedergang.

Da kam Kapitän Williams hinzu. Nachdem man ihn über den Vorfall aufgeklärt hatte, schüttelte er nur den Kopf.

»Mylady, Sir, das tut mir unendlich leid. Ich weiß nicht, was in den Mann gefahren ist. Wissen Sie, die Männer tun zuweilen seltsame Dinge, wenn Sie zu lange an Bord sind. Ich werde mich persönlich um die Aufklärung der Angelegenheit kümmern. Ausser einem zerschlagenen Nachttopf und einer Beule bei Haynes ist ja nichts passiert. Wissen Sie, ich glaube mich zu erinnern, dass wir sogar Nachttöpfe in der Ladung haben. Eine ganze Kiste. Da können Sie bestimmt Ersatz vom Besitzer kaufen. Ich bilde mir ein, sie gehören Mr. Cooper.«

Verdutzt standen Ben und Molly da. Hatten Sie recht gehört? Der Kapitän tat diesen offensichtlichen Mordversuch als Lappalie ab? Und das schlimmste dabei sei ein zerbrochener Nachttopf? Molly holte Luft, als würde sie gleich herausplatzen. Doch Benjamin drückte ihre Hand und redete nun mit dem Schiffsführer.

»Ich danke Ihnen, Sir. Das ganze kann nur ein Missverständnis sein. Der Mann hat mich sicher für ein französisches Gespenst gehalten, mit meinem Nachthemd an der Reling. Wir begeben uns jetzt wieder in unsere Kabine und versuchen, zu schlafen. Bitte versorgen Sie den Mann gut, damit er sich wieder erholt. Mr. Simpson versicherte uns, Mr. Haynes sei ein harter Bursche und würde das leicht überstehen. Trotzdem möchten wir nicht, das er einen Schaden davonträgt.«

»Sie sind zu gütig, Mr. Jenkins. Ja, wir kümmern uns um den Mann. Eine Strafe wird er bekommen, wenngleich Sie, Mrs. Jenkins ihm schon einen gehörigen Denkzettel verpasst haben, wenn ich so sagen darf!«, sagte Williams und lachte gekünstelt.

»Ha, ha, ha, wohl gesprochen, Kapitän Williams. Nicht wahr, Liebste?«, lachte Benjamin ebenso. Molly nickte nur. Wegen der Dunkelheit sah niemand ihren Gesichtsausdruck. Sie war wütend wie selten zuvor in ihrem Leben.

»Dann, gute Nacht. Und bitte verzeihen Sie die Unannehmlichkeiten. Ich lasse sofort jemanden nach den Töpfen suchen. Ich glaube, sie stammen sogar aus Paris.

Regatta

Es dämmerte. Eine leichte Brise wehte und der Nebel begann sich zu lichten. In der Ferne konnte man bereits die Umrisse der Uferlinie und und das Städtchen Lorient erkennen. Endlich hatten die Passagiere und Mannschaften der »Bride of Boston« eine ruhige Nacht gehabt, in der sie schlafen konnten. Benjamin wurde wach, als die Schiffsglocke ertönte. 7 Uhr morgens. Molly schlief noch und er beschloss, sie noch ruhen zu lassen. Seit Tagen hatte sie kaum gegessen, die Seekrankheit hatte an ihren Kräften gezehrt. Und nach der Aufregung in der letzten Nacht hatten sie lange nicht einschlafen können. Nun würden sie bald mit dem Kapitän frühstücken. Benjamin freute sich darauf.

Als er an Deck kam, sah er, dass bereits alle Segel vorbereitet waren und jeden Moment Tuch gesetzt werden sollte. Der Kapitän hatte Freude daran, dies sehr schnell geschehen zu lassen. Zunächst sollte aber der

Anker gelichtet werden und acht Männer legten sich ins Zeug, um die Kette mithilfe des Spills einzuholen. Zunächst ging das scheinbar gar nicht, dann, mit einem Ruck löste sich der Anker aus dem schlammigen Grund und das Spill drehte sich leichter. Da ertönte ein Ruf aus dem Ausguck. Aus der Flussmündung lief ein Schiff in Richtung der »Bride«. Der Kapitän peilte es sofort mit seinem Fernrohr an und grinste erleichtert. Es war kein Kriegsschiff. Der Kapitän ließ nun alle verfügbaren Männer die Segel zu setzten. Sofort setzte sich der Schoner in Bewegung und gewann schnell Fahrt. Doch der Franzose lief bereits unter vollem Zeug und holte rasch auf.

»Chasse Marée!«, rief einer der Männer und sprach dabei den französischen Namen des Schiffstypen sehr englisch aus. »Ein Gezeitenjäger!«

Der Kapitän nickte. An drei Masten fuhr das Schiff Luggersegel, an den ersten beiden ein Topsegel darüber. Der Franzose war etwas kleiner als die »Bride«. So eine Takelage hatte Benjamin bisher noch nicht bei größeren Schiffen gesehen, er kannte diese Art der Segel jedoch von kleinen Fischerbooten, die dann aber nur ein solches Segel fuhren.

Er verfolgte das Schauspiel und sah abwechselnd zum Kapitän und zu dem anderen Schiff.

Kapitän Williams winkte. Fast schien es, als kenne er den anderen Skipper. Dieser ließ zum Gruß die Flagge dippen. Dann, beide Schiffe waren auf gleicher Höhe, ließ er kurz die Schoten lose. Die Fahrt des Franzosen verringerte sich merklich, bis beide die annähernd gleiche Geschwindigkeit hatten. Der fremde Skipper zog seinen Hut und verneigte sich. Benjamin sah, wie es ihm Kapitän Williams gleichtat.

Dann setzten beide ihre Hüte wieder auf und gaben Kommandos. Ohne eine Wort miteinander zu wechseln hatten sie ein Wettrennen vereinbart.

Alle Schoten wurden dicht geholt und beide Schiffe nahmen Seite an Seite Fahrt auf. Zunächst ging der Franzose in Führung. Er lag weniger tief im Wasser, scheinbar war er nicht schwer beladen.

Die Seeleute auf der »Bride of Boston« grinsten, alle hatten ihren Spaß. Immer mehr geriet das Schiff durch den Amwind-Kurs in Schräglage, immer mehr erhöhte sich die Geschwindigkeit. Da noch dazu die Flut zu kentern begonnen hatte, kam die Strömung noch dazu und sorgte so für noch mehr Fahrt über Grund. Langsam holt der Schoner auf. Die Segel entfalteten nun ihre volle Kraft und je näher sie der Mündung kamen, desto mehr frischte auch der Wind auf.

»Wir sind natürlich schneller. Länge läuft. Aber der

Fischer dort drüben kann sehr hoch am Wind laufen und ist auch sehr schnell vor dem Wind. Wenn sein Boot die gleiche Länge hätte und die gleiche Segelfläche, wäre er uns vermutlich überlegen«, sinnierte Kapitän Williams.

Jetzt überholte die »Bride« den Fischer. Die Seeleute jubelten und schwangen ihre Hüte. Doch die Franzosen riefen herüber und winkten ebenfalls. Benjamin war beeindruckt. Seit Jahrhunderten lagen Briten und Franzosen immer wieder in Konkurrenz und Krieg miteinander, dennoch schien hier ein Geist des gegenseitigen Respekts und der Kameradschaft zu herrschen.

Sie hatten die Mündung erreicht, der Seegang wurde wieder rauer. Der Franzose änderte seinen Kurs nach Süd entlang der Küste und die Schiffe entfernten sich von einander. Kapitän Williams wandte sich grinsend an Benjamin.

»Zeit für ein Frühstück, Mr. Jenkins. Ist denn Mrs. Jenkins schon wach? Ich hoffe, sie haben sich von den Unannehmlichkeiten letzte Nacht erholt«

»Nun ja« sagte Ben und räusperte sich. Es geht. Meine Gattin wird gleich erscheinen.«

Der Kapitän musste ja nicht wissen, dass beide fast die ganze Nacht wach gelegen waren, in Angst, jemand könnte erneut nach ihrem Leben trachten. Doch sie hatten lange diskutiert, dass sie gute Mine zu bösen Spiel machen mussten und irgendwie herausfinden, ob ausser Haynes noch mehr Personen an Bord gegen Sie waren. Sie vermuteten zudem einen Zusammenhang mit den Vorfällen in Dublin. Sollte ihr Gegenspieler Sir Godfrey hinter dem Anschlag stecken? Oder gar der Anwalt Ryker, der genauso falsch gespielt hatte? Jedenfalls waren sie gewarnt. Noch einmal sollte sie niemand so einfach überraschen.

Mr. Cooper

Benjamin führte seine junge Frau galant am Arm zur Kapitänskajüte. Nach kurzem Klopfen traten sie ein und die beiden Herren, die sich darin befanden, standen sofort auf. Einer davon war der Kapitän, der andere ein bisher Unbekannter. Er war groß und von stattlicher Erscheinung, kräftig, ohne dick zu sein. Er trug einen hervorragend sitzenden blauen Rock, der aus einem dicht gewebten Stoff bestand. Benjamin sah sofort, dass es keine Wolle war. Der Fremde trug beigefarbene Hosen und Stiefel, was hier an Bord ungewöhnlich war. Sein langes, dunkelblondes Haar trug er zum Zopf gebunden, wie es Mode war.

»Ah, das Ehepaar Jenkins. Guten Morgen, Mylady? Sir? Darf ich vorstellen? Mr. James Cooper! Mr. Cooper, das sind die jungen Eheleute Mr. und Mrs. Jenkins aus Dublin.«

»Sehr erfreut. Kapitän Williams hat mir schon viel von Ihnen erzählt. Ich muss mich entschuldigen, dass ich mich Ihnen nicht schon früher vorgestellt habe. Aber ich pflege den Beginn einer Seereise immer in meiner Koje zu verbringen, um mich besser zu akklimatisieren. Ich weiß, dass die Seekrankheit vor keiner Kabinentüre halt macht und man sich ungern unpässlich zeigt. Ich hoffe, Sie haben diesen stürmischen Beginn gut überstanden?«

»Gott sei Dank ist es vorüber. Ich glaubte wirklich sterben zu müssen. Und dann diese Geschichte gestern Nacht«, sagte Molly nun sofort und begann aufgeregt zu plaudern. Benjamin hielt sich zurück und räusperte sich nur ein-zweimal, wollte aber Molly nicht vor den Herren maßregeln.

»Nun, Mr. Jenkins, Sie haben noch gar nichts gesagt. Ihre reizende Gattin hatte die letzten Tage anscheinend kaum Gelegenheit sich mitzuteilen. Wie finden Sie die Reise?«

»Nun, ähem. . . , zunächst freue ich mich, dass nun besseres Wetter herrscht. Ich hoffe, dass wir nicht wieder in so einen Sturm geraten. Und Sie, Mr. Cooper, was ist Ihre Profession? Ich meine, was treibt sie nach Amerika?«, lenkte Benjamin ab. Er wollte nicht über die nächtliche Attacke sprechen.

»Ich reise zurück in die Heimat. Ich bin Tabakpflanzer, Geschäftsmann und Händler, wenn Sie so wollen. Ich erzeuge, kaufe und verkaufe. Waren aller Art, hauptsächlich Erzeugnisse aus den Kolonien. Natürlich meinen Tabak und Baumwolle aus Virginia, aber auch Felle aus den kanadischen Provinzen. Im Gegenzug bringe ich Erzeugnisse und Waren aus England und Europa in die Kolonien. Übrigens, ich habe Anweisung gegeben, dass sie einen pot de chambre aus meiner Ladung erhalten. Als kleines Geschenk. Sie hatten ja gestern Abend etwas,... Verdruss mit Ihrem Nachttopf.«

»Vielen Dank, Sir, ich weiß das wirklich zu schätzen. Und diese Geschäfte sind sehr lukrativ, nehme ich an?« wollte Benjamin wissen.

»Wie man es nimmt! Wenn Sie Tee nach Boston fahren, der dann von den Kolonisten gestohlen und ins Meer geworfen wird, dann weniger. Im Ernst, man muss wissen, wer wann was haben möchte. Diesen Winter sollen kanadische Biberfelle in Mode sein. Allerdings in Paris. Also schickte ich zuletzt eine Schiffsladung dort hin. Was soll ich sagen, ein großartiger Erfolg! Doch ob im nächsten Jahr jemand in Paris Biber trägt? Keine Ahnung.«

»Ich verstehe, Sir. Sie meinen also, man muss den richtigen Riecher für gute Geschäfte haben«, mischte sich nun Molly wieder ins Gespräch. Williams quittierte dies mit einem Hochziehen der Augenbraue. Diese junge Frau nahm kein Blatt vor den Mund.

»Ja, genau, Misses Jenkins. Das trifft es exakt. Den richtigen Riecher!«, lachte Cooper.

Molly lachte mit und Benjamin bekam einen roten Kopf. Wie immer schämte er sich, wenn Molly zu burschikos daherredete. Aber bei Männern wie Mr. Cooper schien das gut anzukommen.

»Und Sie, Misses Jenkins? Was treibt Sie und Ihren Mann in die Kolonien?«

»Die Abenteuerlust, Mr. Cooper. Die reine Abenteuerlust!«, antwortete Molly keck. Diesmal zog Benjamin die Brauen hoch. Der Kapitän verschluckte sich an seinem Tee und musste schwer husten.

»Alles in Ordnung, Herr Kapitän?«, fragte Molly besorgt.

»Danke, alles gut!«, sagte Williams, nachdem er wieder Luft bekam.

Ben rollte mit den Augen. Abenteuerlust! Er musste Molly bremsen.

»Nun, Sir, es ist wohl mehr das geschäftliche Interesse, als das abenteuerliche. Ich werde in Boston die Geschäfte einer Schiffswerft übernehmen.«, sagte er.

»Aha! Sehr interessant. Als Eigner oder als Geschäftsführer?«

»Zunächst sehe ich mir die Sache an.« wich Benjamin aus. Dieser Cooper war sehr neugierig.

»Ich muss mir einen Überblick verschaffen und mir die Leute dort ansehen. Das geht aus der Ferne nicht. Der bisherige Eigentümer war nie in den Kolonien.«

»Ah, dann übernehmen Sie für ihn die Geschäfte? Ich hoffe, Sie haben die Werft nicht gekauft. Im Moment kann niemand sagen, wie sich der Konflikt mit den Aufständischen entwickelt. Wenn diese einen Ablösung vom Königreich anstreben, weiß niemand, was passiert. Sie könnten alles verlieren.«

Benjamin schluckte. Daran hatte er noch gar nicht gedacht, obwohl es auf der Hand lag. Bisher hatte man ihm gesagt, dass es nur um mehr Rechte, um mehr Präsentation im Parlament für die Kolonisten ging. Keine Besteuerung ohne Repräsentation.

»Das liegt in Gottes Hand«, stammelte er nur.

»Von wegen! Es ist der König, der handeln wird. Er wird den Kolonisten Rechte einräumen oder sie niederschlagen müssen. Wissen sie, viele der alteingesessenen Familien in Massachusetts und den andern Provinzen leben bereits in der vierten Generation in Amerika. Sie fühlen sich nicht mehr als Briten. Noch kein König hat sich bisher in den Kolonien blicken lassen. Sie konnten sich frei entwickeln. Auch kulturell und religiös.«

»Sie reden wie einer dieser Patrioten, Cooper«, mischte sich nun Williams ein, »Machen Sie den beiden doch keine Angst, schließlich sind sie Zivilisten. Und die Kolonien sind immer bereit gewesen, Einwanderer aufzunehmen. Noch dazu so gebildete und junge, ehrbare Eheleute.«

Molly war plötzlich verstummt. Sie fuhren in einen Krieg. Warum hatte Ben nichts davon gesagt? Er wußte doch sonst immer Bescheid. Sie sah ihn vorwurfsvoll an. Benjamin entging ihr Blick nicht. Er hatte ein schlechtes Gewissen. Er hatte ganz genau gewusst, was in den Kolonien los war. Aber seine Informationen waren fast 2 Monate alt und bezogen sich auf Scharmützel einiger Milizionäre mit den britischen Truppen, die aus Berufssoldaten bestanden. Bisher hatte es kein Beispiel in der Geschichte gegeben, dass eine Rebellenarmee aus Bauern ein Berufsheer hatte schlagen können.

»Nun, Mr. Jenkins? Sie sind doch Zivilist, oder? Ich fürchte, Sie werden in den Kolonien sehr bald auch kriegerische Fähigkeiten brauchen. Können Sie mit einem Säbel umgehen? Schießen? Reiten?«

»Weder noch, Sir. Ich fürchte, meine einzigen Waffen sind das Wort und die Feder«, gab Benjamin selbstbewusst zurück, bereute aber sogleich den Pathos seiner Worte.

»Ha! Wohl gekontert, junger Mann! Trotzdem, Sie sollten fechten und schießen üben, bis Sie nach Amerika kommen. Was, wenn Sie das teure Leben ihrer Frau verteidigen müssen? Ein Indianer wird sich über die Feder freuen, allerdings pflegt er sie sich ins Haar zu stecken.«

Williams lachte.

»Im Ernst, Sir!«, sagte Cooper mit kaltem Blick. »Erlernen Sie den Umgang mit Waffen. Und Misses Jenkins, wenn ich das bemerken, gleich mit.«

»Ich werde Ihren Rat überdenken. Wüssten Sie denn einen geeigneten..., Lehrmeister für diese Künste hier an Bord, Mr Williams?«, fragte Ben den Kapitän.

»Na, warum fragen Sie nicht Mr. Cooper? Meine Leute haben für so etwas keine Zeit. Und ich werde keine Waffen und kein Pulver ausgeben. Nur im äußersten Notfall! Ich denke, Mr. Cooper hat sehr viel Zeit in den nächsten Wochen. Und auch das geeignete Arbeitsgerät, wie ich meine.«

»Im Ernst, Mr. Cooper?«, sagte nun Molly, »Sie würden uns unterrichten?«

»Wenn Mylady es wünschen, gerne«, sagte Cooper lächelnd und machte eine kurze Verneigung.

Pistolen und Säbel

»Halten Sie das Ding mit gestrecktem Arm und zielen Sie über den Lauf hinweg auf einen Punkt!«

Cooper stand zwischen Ben und Molly auf dem Achterdeck und ließ sie mit den Pistolen üben. Sie waren nicht geladen und heute, am ersten Übungstag sollten die beiden nur ein Gefühl für die Waffen entwickeln. Minutenlang mussten sie den Arm ausgestreckt halten und mit jeder Sekunde schienen ihnen die Pistolen schwerer zu werden.

»Arm anwinkeln, Lauf nach oben. Zielen Sie zur Übung nie auf Personen. Halten Sie die Läufe nach oben. Und jetzt, wieder anlegen! Zielen! Und Abdrücken!«

Zweimal machte es hintereinander klack. Benjamins Armbeuge schmerzte. Molly schien nichts zu spüren. Jahrelang hatte sie körperlich gearbeitet. So eine Übung war für sie kein Problem.

»Morgen werden wir mit Pulver laden. Und nun, die Säbel!«, sagte Cooper knapp.

Er gab Molly und Ben je einen Säbel und nahm selbst einen zur Hand.

»Es ist hier etwas eng. Ich werde Ihnen eine Übung vormachen, die Sie im Wechsel wiederholen. Bitte einzeln und mit Abstand zueinander. Wir wollen am ersten Tag keine Verletzten.«

Eine Stunde lang übten sie, bis Benjamin seinen rechten Arm nicht mehr hochheben konnte. Molly hingegen war mit Feuereifer dabei.

»Genug für heute, Misses Jenkins. Sie sind sehr gut. Ich bin wirklich beeindruckt.«

»Oh, vielen Dank, Mr. Cooper. Ich freue mich schon auf unsere nächste Lehrstunde.«

»Ganz meinerseits. Aber, nennen Sie mich doch bitte James.«

»Also gut, Wie Sie meinen, James. Ich heiße Morgana.« Benjamin horchte auf. Dieser Name war ihr doch verhasst! Wieso ließ sie sich von diesem zwielichtigen Herren so ansprechen?

»Und Du, Ben?«, fragte sie ihren Mann.

»Ich danke Ihnen, Mr. Cooper, das war sehr lehrreich. Ich glaube, ich muss wohl noch viel üben.«

»James. Bitte nur James. So alt bin ich nun auch wieder nicht, Benjamin.«

Molly lachte. Ihre Wangen glühten und ihre Augen

funkelten. Ein Gefühl der Eifersucht kam bei Benjamin auf. Molly war doch nicht etwa drauf und dran, sich in diesen Krämer zu verlieben?

Sie verabschiedeten sich und gingen in die Kabine um sich etwas frisch zu machen. Die »Bride of Boston« hatte Cap Fisterra umrundet und fuhr nun an der portugiesischen Küste entlang.

Exempel

Endlich hatte man etwas ruhigere Breiten erreicht und das Schiff glitt mit einem sanften Schaukeln durch den Atlantik, der sich nun von einer ganz anderen Seite zeigte, Richtung Süden. Auf diesem Kurs konnte der Schooner eine gute Geschwindigkeit laufen. Ein Vor-Wind-Kurs bei gleichbleibender Windstärke sorgte bei geringer Schräglage des Rumpfes und voller Takelage für beinahe 11 Knoten Fahrt. Seit dem man den Golf von Biscaya auf der Höhe von Kap St Vincent hinter sich gelassen hatte, war es jeden Tag wärmer geworden. Die Mannschaft war gut gelaunt, es gab an solchen Segeltagen weniger Arbeit als während der stürmischen Tage zuvor. Bald waren alle Schäden beseitigt, Segel geflickt und Tauwerk ausgebessert. Immer öfter musste sich der Bootsmann Tätigkeiten ausdenken, um seine müßiggehenden Männer auf Trapp zu halten. Einige der Passagiere begannen sich bereits am zweiten ruhigeren Tag über die viel längere Reise zu beschweren, weil die Verköstigung an Bord extra bezahlt werden musste. Jeder Tag Verzögerung bedeutete auch Verluste für die Geschäftsmänner unter den Passagieren. Dass die Zwangspause in Frankreich nötig gewesen war, schienen diese Leute auszublenden, genau so, wie die eben erst überstandene Seekrankheit, an der alle gelitten hatten.

Benjamin war es egal, wie lange die Reise dauerte. Molly ging es nun bedeutend besser und das Paar flanierte auf den wenigen Metern des Achterdecks in der Sonne. Sechs Schritte hin, sechs Schritte zurück. Mit jedem Tag fühlten sie sich besser und gesünder. Der Appetit war zurückgekehrt und der Steward und sein Gehilfe hatten gegen ein kleines Handgeld die Kabine der beiden mit Essigwasser gründlich ausgewaschen und gelüftet. Die üblen Gerüche waren somit gebannt und es ließ sich einigermaßen gut in der Koje schlafen. Den Vorfall in der Nacht vor Lorient hatten sie beinahe vergessen. Durch das Üben mit den Waffen waren sie nun auch selbstbewusster. Eine Pistole hatte Benjamin Cooper abgekauft, und sie lag in der Kabine unter den Kissen bereit und geladen. Mollys Gesicht war durch die frische Luft, die Bewegung und die Sonne nun nicht mehr grünlich -blass, sondern wies nun einen gesunden, rosigen Teint auf, wenngleich ihre Nase schon etwas zu viel Sonne abbekommen hatte. Sommersprossen blühten auf ihren Wangen auf. Mit einem großen Sonnenhut aus Stroh, den sie wegen des Windes mit einem blauen Schal über dem Kopf festgebunden hatte, versuchte sich vor der intensiven Strahlung zu schützen. Doch die Reflexion des Wassers genügte, auch im vermeintlich sicheren Schatten weiterhin zu viel Sonne abzubekommen. Benjamins Gesicht und Hände waren bereits hoffnungslos verbrannt, auf seiner Nase schälte sich bereits die Haut.

»Wann werden wir Boston erreichen, Kapitän Williams?«, fragte Molly den Schiffsführer eines Nachmittags. Es entging Benjamin nicht, dass der Rudergänger, der unmittelbar daneben am Ruder stand, grinste.

»Schau' auf Deinen Kurs!«, raunte ihn der Kapitän an.

»Verzeihung Mylady, aber das Führen eines Schiffes verlangt immer die volle Aufmerksamkeit der Schiffsführung. Aber nun zu ihrer Frage: Wir werden Boston wohl noch vor dem Jahreswechsel erreichen. Die Neujahrsmesse werden sie wohl in der North Church von Boston hören.«

»Das bedeutet, dass wir noch fünf Wochen auf See sein werden? Was für eine entsetzlich lange Zeit, Sir! Ich kann kaum glauben, dass wir schon über eine Woche nur bis hierher gebraucht haben.«

»Glauben Sie mir, Mylady, wir tun unser Bestes. Aber Wind und Wetter stehen in der Macht des Herrn. Es mag Ihnen lange vorkommen, aber insgesamt 6 Wochen auf See sind eine kurze Zeitspanne für die Entfernung, die wir zurücklegen werden.«

»Ach? Wie viele Seemeilen müssen wir denn zurücklegen?«, fragte Molly nun und erntete dafür einen etwas mürrischen Blick seitens des Kapitäns.

»Insgesamt 5200 Seemeilen, Mylady. Und wir haben bisher etwa 1000 geschafft. Wenn wir weiterhin beinahe 200 Seemeilen am Tag schaffen, so wie heute, können wir sogar früher ankommen. Aber das kann man so nicht rechnen.«

»Natürlich. Sonst wären wir ja in 21 Tagen da, Sir.«

Der Kapitän zog die Augenbrauen hoch. So eine Unterhaltung hatte er noch nicht mit einer Frau geführt. Von ihrem sonstigen Benehmen hätte der Kapitän eher eine einfache Herkunft der Dame angenommen. Aber sie schien einen sehr wachen Verstand zu haben. Dazu sprach sie jeden in der Mannschaft an, als stünde er mit ihr auf Augenhöhe, was Williams überhaupt nicht gefiel. Eine Lady war das nicht. Aber andererseits mochte sie jeder an Bord. Sie besaß eine natürliche, einnehmende Art und erinnerte den Kapitän mehr an eine Straßenverkäuferin oder Händlerin als an eine feine Dame der besseren Gesellschaft. Ihr Mann dagegen war eher ein Hänfling. Dünn, fast mager, groß und blass. Bis auf die leuchtend rote Nase vom Sonnenbrand. Die beiden waren ein schönes Paar, aber keinesfalls stammten sie aus dem Geldadel der neuen Bürgerschaft. Dennoch schienen sie vermögend genug, um diese Reise antreten zu können um sich in den Kolonien niederzulassen. Arme Auswanderer waren das scheinbar nicht.

»Haben Sie schon eine gesellschaftlich Perspektive in den Kolonien?«, fragte er um nun.

»Natürlich, Sir. Benjamin übernimmt die Geschäfte einer Werft. Er ist ein hervorragender Geschäftsmann und Verwalter.«

»Ist das so? Ich meinte wohl eher, ob Sie jemanden haben, der Sie in die Bostoner Gesellschaft einführt. Das Sie eine Werft übernehmen, erzählten Sie bereits«, meinte der Kapitän mit einem süffisanten Grinsen. Dieser Jenkins hatte doch keine Ahnung von Schiffen und sollte eine Werft leiten?

»Ähem!«, räusperte sich Benjamin, der neben ihr stand. »Nun, Sir, wenn ich mich einmischen darf, ich muss natürlich erst einmal Erfahrungen sammeln und mir die Sache ansehen. Bisher kam man anscheinend auch ohne mich gut zurecht. Wie gesagt, ich bin vor allem Buchhalter.«

Der Rudergänger spuckte abfällig auf den Boden.

»Behalt Deinen Priem bei Dir, Mann! Keiner spuckt mir hier aufs Quaterdeck!«, brüllte Williams den Mann an. »Simpson! Der Mann hier bekommt ein Dutzend! Und dann soll er das Deck schrubben, bis ihm die Knöchel bluten!«

»Aye, Sir!«, rief Simpson grimmig.

Molly war entsetzt über die plötzliche Grausamkeit, die der Schiffsführer an den Tag legte.

»Sir! Ich glaube nicht, dass es Absicht...«, wollte Molly einsprechen. Doch der Kapitän fuhr ihr ins Wort.

»Mylady, ich kann Ihnen versichern, dass ich genau weiß, was ich zu tun habe! Und wer hier nicht Respekt erweist, bekommt die Peitsche zu spüren! Jeder!«, sagte er kalt.

Molly wich instinktiv zurück.

»Sir, bei allem Respekt«, mischte sich nun Benjamin ein und stellte sich schützend vor Molly, »Ich gehe davon aus, dass meine Frau Sie nicht zurechtweisen wollte. Tun Sie, was Sie für richtig halten.«

Benjamin hatte längst begriffen, dass der Kapitän hier allmächtig war. Um auf dieser Reise keine Unannehmlichkeiten zu bekommen, war es besser, sich mit ihm gut zu stellen. Schließlich lag mindestens noch ein Monat Fahrt vor ihnen.

Der Kapitän nickte.

»Ich bitte Sie nun, das Achterdeck zu räumen. Wir haben nun etwas durchzuführen, was nicht für die Augen einer liebreizenden jungen Dame bestimmt ist. Mylady? Sir?«

Williams tippte grüßend an seinen Hut und verneigte sich leicht in Richtung der beiden. Sein Blick sagte aber, dass dies mehr ein Befehl als eine Bitte gewesen war.

Benjamin verabschiedete sich, Molly musste sich sehr beherrschen, nicht weiter zu protestieren. Sie gingen unter Deck während sich auf dem selben sie gesamte Mannschaft versammeln musste. Als sie in der Kabine waren schimpfte Molly wie ein Rohrspatz.

»Was bildet der sich ein? Ist der hier der Herrgott? Benjamin! Wie konntest Du es zulassen, dass er so mit mir spricht? Ich fasse es nicht! Was hab' ich da für einen Waschlappen geheiratet?«

»Molly, bitte beruhige Dich. Er ist der Kapitän. Wir sind hier Passagere. Gäste, verstehst Du? Es ist uns nicht gestattet, uns in die Schiffsführung einzumischen. Wenn wir Williams vor seinen Leuten diskreditieren, oder nur sein Wort anzweifeln, kann das Anstiftung zur Meuterei bedeuten! Er hat hier die absolute Macht. Der Kapitän eines Schiffes kann Menschen zum Tode verurteilen. Nicht nur bei der Kriegsmarine, nein, auch bei der Handelsmarine.«

Erschrocken sah Molly Benjamin an.

»Oh, Benjamin. Das habe ich nicht gewollt! Trotzdem. Ein Mann, der Priem ausspuckt ist doch das alltäglichste auf der Welt. Wie kann man den so hart bestrafen?«

»Ich fand es auch respektlos. Allerdings mir gegenüber. Denn er spuckte aus, als er hörte, welchen Beruf ich habe. Somit hat der Kapitän eigentlich meine Ehre gerettet. Trotzdem verstehe ich Dich. Ich glaube, wir sollten den Mann besuchen, wenn er seine Strafe bekommen hat.«

»Wieso das? Er beleidigt Dich, wird dafür bestraft. Und Du willst ihn danach auch noch provozieren?«

»Nein, keinesfalls. Aber ich möchte ihm sagen, dass ich mich nicht beleidigt fühlte und ich ihm verzeihe. Ich hoffe, dass er keinen Hass auf uns hat, weil er nun wegen uns bestraft wird.«

»Wieso ist Dir das wichtig? Ein gemeiner Seemann kann Dir doch egal sein.«

»Molly, ich wundere mich. Bis vor kurzem warst Du selbst nicht höher gestellt als einer aus der Besatzung hier. Und nun? Nur weil wir im Moment über Geld verfügen, sind wir noch lange keine höher gestellten Persönlichkeiten. Auch wenn man uns das glauben lässt.«

»Das meinte ich doch gar nicht. Ich sehe mich nicht als höher gestellt. Ich hatte nur Glück. Einen Lord als unehelichen Vater zu haben, bringt mir gewisse Vorteile. Aber nur, weil Du mir geholfen hast. Ohne Dich läge ich in Ketten oder wäre deportiert worden.«

»Manchmal erscheint mir diese Reise auch wie eine Deportation. Allerdings mit einem gewissen Luxus. Du weißt aber, dass ich Dich nicht wegen des Erbes gerettet habe.«

»Ach? Weswegen dann?«, sagte Molly und sah Benjamin lächelnd an.

»Wegen dieser wunderschönen Augen. Und weil ich die Muscheln liebte, die Du verkauft hast!«

»Benjamin Jenkins! Was für eine Lüge! Du hasst Muscheln! Du bist nicht wegen der Meeresfrüchte an meinen Stand gekommen!«, lachte Molly und umarmte Ben. »Was liebst Du an mir?«, fragte sie grinsend.

»Im Ernst! Es waren ausschließlich diese wunderbar frischen Herzmuscheln!«, lachte nun auch Benjamin und erwiderte ihre Umarmung.

Sie küssten sich inniglich und eng umschlungen, bis sie das Sausen der Peitsche und den ersten Schmerzensschrei des Rudergängers vernahmen.

Molly hielt sich die Ohren zu.

»Schrecklich, was Menschen anderen antun!«

Endlich war das Exempel vorbei. Molly sah traurig drein.

»Weißt Du, mit einem hat der Kapitän trotzdem recht!«

»Was meinst Du?«, fragte Benjamin.

»Wir haben niemanden, der uns in Boston in die Gesellschaft einführt. Ich habe gehört, dass so etwas immens wichtig ist, um auch geschäftlich Erfolg zu haben.«

»Wie gescheit meine kleine Molly doch ist. Ich wundere mich jeden Tag, was man alles in einer kleinen Fischerhütte lernt!«

»Pah! Das weiß doch jedes Kind!«

La Goreé

Der Ruf »Land in Sicht« ist magisch, wenn man Wochen auf See ist und sich das Ziel einer Reise nur vorstellen kann.

Die Insel, die an diesem 28. November in Sicht kam, sah allerdings weder exotisch noch einladend aus. Ein kahler Felsen, gekrönt von einer Festungsmauer, welche die halbe Insel umfasste. Dahinter die Dächer einiger Häuser. Das war also der ominöse Handelsplatz, über den Cooper und Williams gesprochen hatten und von dem aus nach wenigen Tagen endlich Amerika angesteuert werden sollte. Nur zwei Tage wollte der Kapitän hier Ladung an Bord nehmen, eine sehr kurze Zeit, um zu laden und zu stauen. Noch dazu war ausser einem gemauerten Kai nicht viel von Hafenanlagen zu sehen.

»Wie viele nehmen wir an Bord, Käpt'n?«, fragte Simpson, der immer nervöser wurde, je näher diese Insel kam.

»Mindestens 100. Wenn sie genügend junge und gesunde da haben. Manchmal kommen sie schon krank an Bord. Das darf nicht passieren. Wir müssen uns jeden einzelnen genau ansehen.«

»Aye, Sir. Aber ich brauche den Schlüssel, Sir.« Williams kramte aus seiner Manteltasche einen eisernen Schlüssel hervor.

»Entermesser und Musketen. Und dass mir keiner irgend jemanden provoziert! Sie sind mir dafür verantwortlich! Bei allen Göttern, was soll denn das?«

Benjamin und Molly hatten sich landfein gemacht und hofften auf eine Gelegenheit, die Insel erkunden zu können. Sie kamen auf den Kapitän zu.

»Was für herrlicher Tag für einen Landgang, Kapitän Williams. Etwas heiß, aber dieses Lüftchen macht es angenehm. Sie haben doch sicherlich nichts dagegen, wenn wir einen kleine Landpartie unternehmen, Sir?

»Oh, äh, ich fürchte, das ist nicht möglich. Das hier ist ein, äh muslimisches Land, wissen Sie, die Gepflogenheiten hier, äh, erlauben es Damen nicht, sich ohne Schleier in der Öffentlichkeit zu zeigen, das wäre unanständig.«

Da kam Cooper ebenfalls an Deck.

»Morgana, Benjamin. Guten Morgen. Sie wollen hier aber nicht an Land? Davon rate ich ab. Wir nehmen

Ladung auf und dann nichts wie weg. Glauben Sie mir, was hier gleich geschieht, ist nichts für schwache Nerven.«

»Wie meinen Sie das? Was soll an einem Handelsplatz wie diesem geschehen?«, fragte Molly etwas gereizt. Sie hatte es langsam satt, dass ihr alle Männer dies oder das rieten oder empfahlen, ohne konkret zu werden.

»Nun, Madame, ich will ganz offen reden. Wir laden in diesem Hafen kein Gold, Gummi arabicum oder Elfenbein, wofür diese Küste auch bekannt ist. Nein. Wir erwerben heute einhundert schwarze Sklaven, die wir dann mit uns nach Amerika nehmen und sie dort zum fünf- bis achtfachen Preis verkaufen.«

Molly sah Cooper zunächst erschrocken an, dann entspannten sich ihre Züge aber gleich wieder.

»Sie nehmen mich auf den Arm, James. Sagen Sie nicht solche scheußlichen Sachen. Das hier ist doch kein Sklavenschiff!«, lachte sie und hielt sich an Coopers Arm fest. Doch Coopers Mine entspannte sich nicht zu einem Lächeln, wie es Molly gehofft hatte.

»Ich fürchte doch, Misses Morgana. Das ist leider so. Hier an Bord werden in den nächsten Tagen und Wochen grausame Dinge geschehen.«

Molly stand mit weit aufgerissenen Augen und offenem Mund da. Ihr fehlten die Worte. Benjamin hielt sie am Arm fest, denn er ahnte, wie sie gleich reagieren würde.

Währenddessen arbeiteten die Matrosen an den Abdeckungen der Laderäume mittschiffs. Sie entfernten die Planen und öffneten die mittlere Ladebucht. Molly sah in den Laderaum. Links und rechts waren lange Bänke eingezogen, an deren Fußende in der Mitte für jeden Sklaven ein eiserner Ring befestigt war. überall baumelten Ketten, die bereit waren, ihren grausamen Dienst zu tun. Die Matrosen der »Bride« streuten Stroh und Sand aus.

Molly war erschüttert, trotzdem war sie auch neugierig, was die Männer da taten.

»Warum streuen die Männer Sand und Stroh aus, Mr. Cooper?«

»Nun, Morgana, sie bereiten den Laderaum für die Sklaven vor. Da es keine Toiletten gibt, werden diese Wilden nicht anders als Vieh transportiert.«

»Wie bitte? Das bedeutet, dass man diese Menschen in ihrem eigenen... Dreck sitzen lässt? Das ist doch unmenschlich! Nein, es ist unchristlich!«, rief Molly, die sich vom ersten Schock erholt hatte nun. Die Matrosen hörten mit ihrer Arbeit auf und sahen zu der jungen Frau hinauf, die sich da oben an Deck echauffierte.

Manch einer grinste.

»Wollt Ihr wohl weitermachen, Ihr faulen Hunde?«, schrie Simpson. Und zu Molly rief er:

»Madame, lassen Sie die Männer ihre Arbeit machen! Wenn Sie etwas zu beanstanden haben, wenden Sie sich bitte an den Kapitän!«

»Und ob ich das tun werde. Ben! Komm mit. Wir beschweren uns bei Kapitän Williams!«

»Molly, ich weiß nicht, ob das Sinn macht...«, sagte Benjamin.

»Wie? Das macht Sinn! Wir müssen das verhindern!«

»Molly, das geht nicht. Wir sind nur zu diesem Zweck hier. Ein Umweg von 3000 Meilen. Glaubst Du wirklich, dass wir etwas erreichen können?«

Molly riss sich von Bens Arm los.

»Du..., Du wusstest das? Sag, dass das nicht stimmt! Ben!«, rief sie.

»Nicht von Beginn. Aber James hat es mir gesagt, vor drei Tagen. Ich wußte nicht, wie ich es Dir hätte sagen sollen. Wir können es nicht ändern!«

»Ich will sofort hier weg! Runter von diesem Sklavenschiff!« sagte Molly, »Mit Dir oder ohne Dich! Hier liegen genügend andere Schiffe. Ich gehe einfach auf ein anderes und fahre zurück!«

»Liebling, bitte beruhige Dich. Und was denkst Du,

laden die anderen Schiffe hier?«

Molly fehlten die Worte. Zum ersten Mal konnte sie Benjamin nicht verstehen. Warum hatte er sie belogen und ihr nicht sofort gesagt, was er wußte?

Da kamen die ersten beiden Barkassen mit Sklaven an. Es waren nur Männer, alle noch jung. Die meisten von ihnen trugen nicht mehr als einen Fetzen um die Hüfte, sie waren mit schweren Ketten gefesselt. Trotzdem standen vier bewaffnete Männer bereit, sie mit ihren Knüppeln in Schach zu halten. Ihre nackten, tiefschwarzen Oberkörper glänzten in der Sonne. Sie waren muskulös und groß. Molly hatte noch nie solche Männer gesehen.

»Hervorragende Ware. Die werden uns ein Vermögen bringen«, sagte Mr. Longford, einer der Mitreisenden zu seiner Frau, die ebenfalls an Deck gekommen waren um sich das Spektakel anzusehen.

»Was sind Sie nur für ein Mensch!«, entfuhr es Molly.

»Wie meinen? Aber Madame, das sind doch nur Wilde. Zugegeben, sehr gut gebaute Wilde. Aber doch nur Wilde!«, gab Longford zurück.

»Es sind Heiden. In den Kolonien macht man Christen aus ihnen. Und gute Arbeitskräfte«, fügte Mrs. Longford hinzu.

Molly sagte nichts mehr. Sie war bestürzt. War dies ein Alptraum? Gerade in der letzten Woche hatte sie begonnen, diese Seereise zu genießen. Und nun das! Sie stampfte wütend auf den Boden, ging zurück in ihre Kabine und verriegelte die Türe von innen. Benjamin folgte ihr umgehend.

Währenddessen wurden die ersten 10 Sklaven in Ketten an Bord gebracht. Simpson sah sie sich genau an, untersuchte ihre Zähne, schaute in den Haaren nach Läusen und Wanzen. Er sah auch unter ihre Achseln und unter ihren Lendenschurz. Einer der Sklaven machte eine Bemerkung dazu und die anderen lachten. Simpson ließ den Mann sofort seinen Knüppel spüren. Mit einer flinken Bewegung hatte er ihn ihm in den Bauch geschlagen. Der Mann krümmte sich vor Schmerzen zusammen, er hatte den Schlag nicht ahnen können.

»Maul halten, Kaffer!«, brüllte er ihn an. »Sonst gehst Du gleich zu den Haien! Nur Ware, die ich für geeignet befinde, kommt an Bord!«

Die Männer verstanden natürlich kein Wort. Doch die Grausamkeit der Worte, zusammen mit der Härte der Strafe ließen sie verstehen, was der böse Mann wollte. Er hatte die Macht, sie waren seine Gefangenen. Hasserfüllt sahen sie Simpson an.

Dann gingen sie mit ihren Hand- und Fußeisen schleppend im Gänsemarsch über das Deck. Die Mannschaft starrte sie an. 10 starke junge Männer. Sollten sie sich befreien können, wären sie eine große Gefahr für alle hier an Bord

»Mr. Simpson, auf ein Wort!«, sagte Mr. Longford zu dem Steuermann.

»Ja, Sir?«

»Sagen Sie, könnten Sie Mrs. Longford einen Bitte erfüllen? Sie würde gerne einmal die Muskeln und die Haut dieser,... ähem, Leute anfassen. Es soll Ihr Schaden nicht sein.«

Longford hielt Simpson eine Münze hin.

»Selbstverständlich, kein Problem, Sir! Bei der nächsten Truppe ist sicherlich auch ein muskulöser Kerl dabei, sehen wir sie uns mal an!«, grinste Simpson und steckte das Geldstück ein.

Als das Deck frei war, kamen die nächsten Sklaven an Bord. Durch die Verzögerung hatte die zweite Barkasse an der Bordwand der »Bride« warten müssen und die Schwarzen hatten sich gegenseitig irgendwelche Dinge zugerufen.

»Nun ist aber mal Ruhe! Haltet den Rand, Ihr verdammten schwarzen Bastarde!«, brüllte Simpson von Deck aus herunter.

Unter Deck hatte Benjamin ganz andere Probleme.

Er musste Molly erklären, warum er ihr die Wahrheit verschwiegen hatte.

»Molly. Bitte verzeih' mir. Ich wollte Dir wenigstens die letzten schönen Tage dieser Reise nicht verderben. Es waren so schöne Tage seit letzter Woche«, sagte er durch die Kabinentüre. »Bitte, mach auf. Ich möchte es Dir erklären.«

»Verschwinde, Benjamin Jenkins! Du bist nicht besser als die anderen Männer hier an Bord. Schade, dass Haynes Dich nicht ersäuft hat!«

»Was redest Du da, Molly? Beruhige Dich! Schließlich hast Du mich gerettet. Ich bin Dir so unendlich dankbar dafür. Verstehe Doch, ich wollte nicht, dass Dich das hier belastet.«

»Nicht belastet? Und was ist jetzt? Willst Du das so hinnehmen?«

Ben hatte tagelang mit sich gerungen und war zu dem Entschluss gekommen, dass es besser war, das unausweichliche erst kundzutun, wenn es soweit war, denn es hätte keine Möglichkeit gegeben, den Sklaventransport zu verhindern. Also hatte er sein Wissen für sich behalten. Das rächte sich jetzt natürlich. Benjamin beschloss, nie mehr mit der Wahrheit außen vor zu halten.

»Ich verspreche Dir, ich werde Dich nie mehr belügen. Molly, bitte, mach auf!«

»Psst. Ich kann die schwarzen Männer hören.Was für eine Sprache sprechen sie?«, sagte Molly.

»Ich höre hier nichts«

Molly öffnete die Türe, ließ Benjamin herein und legte ihren Finger auf den Mund.

»Hörst Du?«

»Das war französisch. Ein seltsamer Dialekt, aber es klang französisch«

»Und? Was bedeutet das? Hast Du verstanden, was der Mann gesagt hat ?«, fragte Molly

»Si nous éclatons..., nous les tuons tous! - Wenn wir ausbrechen..., töten wir sie alle!«

Samariter

»Wieso sprechen sie französisch? Sind das denn gebildete Leute? Das ergibt doch keinen Sinn!«, sagte Molly leise zu Benjamin, der mit ihr in der Kabine war.

»Das weiß ich auch nicht. Aber ich habe nur diese Satz verstanden. Es klang auch sehr ungeübt. Aber ich bin ja auch kein Muttersprachler. Hör mal! Da sagt wieder jemand etwas!« gab Ben zurück.

Sie lauschen beide an der Bordwand. Wieder rief einer der Sklaven diesen Satz wieder und wieder.

»Ich glaube fast, er kann nur diese Worte. Fast scheint es, als habe man sie ihm beigebracht.«

»Aber warum?«

»Vielleicht hat sich einer der französischen Aufseher einen Spaß erlaubt, um uns Angst zu machen? Ich weiß es nicht.«

Schließlich war auch die zweite Barkasse leer und nun etwa 20 Männer an Bord. Mrs. Longford war voll auf ihre Kosten gekommen, hatte Haut und Muskeln befühlen dürfen und so manchen Mann in Gänze betrachtet. Während die Passagiere sich hervorragend unterhalten fühlten, dachten Molly und Ben darüber nach, was man tun könnte. Sie kamen aber zu dem Schluss, dass sie die Situation nicht ändern konnten. Selbst wenn sie alle Sklaven freikaufen würden und freiließen, gäbe es keine Möglichkeit und keinen Ort, wohin man sie hätte bringen können. Ausserdem war diese Vorstellung utopisch, denn soviel Geld hatte wohl niemand an Bord. Ausserdem schienen die beiden mit ihrer Meinung ganz alleine dazustehen.

»Es ist barbarisch, was mit diesen Menschen geschieht. Barbarisch und unchristlich. Irgendetwas müssen wir für die armen Menschen tun.«

»Ja, Ben. So wie der Samariter. Er hat dem Überfallenem geholfen, nachdem die anderen vorübergegangen waren. Es ist unsere Pflicht als Christen, es ihm gleich zu tun.«

»Ja, Du hast recht. Aber wir können die Situation nicht ändern.«

»Wieso eigentlich nicht? Die Situation ist doch die Unterbringung dieser Leute. Wir können Ihre Ketten nicht abnehmen. Aber wir könnten Ihnen vielleicht doch Erleichterung verschaffen.«

»Wie meinst Du das, Molly? Sie liegen auf Holzpritschen. Eng zusammengedrängt. Was sollen wir daran ändern?«

Molly hob den neuen Pot de chambre auf und hielt ihn Ben vor das Gesicht.

»Wir kaufen die Ladung Pisspötte auf und geben sie den Sklaven!«

Ben zog die Augenbrauen hoch. Doch dann entspannten sich seine Gesichtszüge. Er lächelte.

»Ich gehe sofort zu Cooper und kaufe sie ihm ab!«

Doch Molly bremste Ben.

»Lass mich das machen, Liebling. Ich glaube, dass ich die besseren Verhandlungsargumente finde. Vergiss nicht, dass ich jahrelang auf dem Markt tätig war.«

Wenig später standen die beiden wieder an Deck und verwickelten Cooper in ein Gespräch. Diesem war das nicht recht, er wollte sich schließlich die Ware genau ansehen, die er da eingekauft hatte. Dennoch verbot es ihm die Höflichkeit, das Gespräch einseitig zu beenden.

»Misses Morgana. Haben Sie sich von dem Schrecken erholt? Es tut mir leid, dass Ihnen das Schicksal dieser Leute so nahe geht. Sie sollten sich das hier nicht antun.«

»Schon in Ordnung, James. Benjamin hat mir die Notwendigkeit dieses..., Geschäftes erklärt. Ich bin da vielleicht etwas naiv.«

»Aber nein, Morgana. Sie haben eben ein sehr gutes Herz. Und ich denke, Sie messen jeder Kreatur einen hohen..., Stellenwert bei.«

»Nun ja. Schwamm drüber. Ich muss mich bei Ihnen entschuldigen, James«, flötete Molly in einem sehr freundlichen Ton und hielt sich an Coopers Unterarm fest.

»Aber nein! Wofür denn?«, fragte Cooper, der nun endgültig von seinem Geschäft abgelenkt war und blickte ihr in die Augen.

»Ich muss mich entschuldigen, dass ich mich noch nicht für den französischen Nachttopf bedankt habe, den Sie uns aus Ihrer Fracht zur Verfügung gestellt haben.«

»Aber, ich bitte Sie, meine Liebe. Das war doch selbstverständlich! Dafür müssen Sie sich nicht entschuldigen.«

»Doch, doch! Und wissen Sie was, James? Sie haben mich auf eine wunderbare Geschäftsidee gebracht. Wer sollte den Damen der Gesellschaft diese Errungenschaft verkaufen, wenn nicht eine Frau? So etwas ist ja, wie will ich sagen etwas Diskretes. Ich habe mir überlegt, in Boston in das Nachtgeschirrgeschäft einzusteigen. Ben erlaubt es mir, nicht wahr, Liebster?«

»Äh, ja natürlich! Wenn Du meinst, es macht Sinn?«

»Aber ja doch. Ich bin davon überzeugt. Also, Mr. Cooper. Was ist der Preis für alle Ihre Nachttöpfe, die Sie an Bord haben?«

»Wie? Alle? Das, äh kann ich aus dem Stegreif jetzt gar nicht sagen. Da muss ich in den Papieren nachsehen, Misses Morgana«, sagte Cooper etwas verwirrt.

»Tun Sie das bitte, James. Ich habe großes Interesse!«

Als Molly sich etwas abwandte und auf das Meer sah, raunte Benjamin Cooper zu:

»Lassen Sie sich ruhig Zeit, James. Heute würde sie jeden Preis zahlen, aber morgen hat sie schon wieder eine neue Idee. Sie müssen wissen, sie hat das Vermögen in die Ehe gebracht.«

»Hm, da haben Sie ja eine sehr gute Partie gemacht, mein Junge. Na, ich werde ihr mein Angebot heute Abend unterbreiten«, gab Cooper zurück. Seine Gier war geweckt.

»He! Simpson! Den da nicht! Der hat irgendetwas an der Haut. Sehen Sie das denn nicht? Weg mit dem Kerl!«, rief Cooper plötzlich in Richtung des Steuermannes. Dieser sah den Sklaven an und stieß ihn mit seinem Knüppel zurück zur Bordwand.

»Los, zurück ins Boot! Dich wollen wir nicht!«
Cooper wurde zunehmend wütend.

»Die ersten drei Fuhren waren gut und jetzt kommen immer mehr Kranke. Würde mich nicht wundern, wenn man uns bald Fiebrige und Aussätzige schickt. Wir müssen aufpassen! Lassen Sie nur noch Gesunde an Deck. Am Besten, Sie sehen sich die Leute auf dem Boot an, Simpson . Verdammt, man will uns betrügen! Darum durften wir nicht an Land, um die Sklaven selbst auszusuchen!«, rief Cooper nun aufgebracht. Immer mehr stellte sich heraus, dass er der Hauptverantwortliche für diese Transaktion war.

»Mr. Cooper, auf ein Wort!«, mischte sich nun Kapitän Williams ein.

»Sir?«

»Das Ganze gefällt mir überhaupt nicht. Wie viele haben wir jetzt an Bord?«

»Etwa 50. Mit denen da. Es ist jetzt schon Nachmittag und wenn wir uns beeilen, dann werden wir bis heute Abend fertig. 100 brauchen wir mindestens. Das ist zu schaffen, Sir!.«

»Brechen Sie ab! Wir beide fahren jetzt auf die Insel und sprechen mit den Händlern. Wenn die Ware so schlecht wird, nehmen wir keine weitere mehr an Bord.«

»Aber Sir! Dann kommen wir nicht in die Gewinnzone! Wir brauchen 100 Sklaven! Es wird auf See auch

Verluste geben. 10 bis 20 Prozent sind durchaus normal!«

»Für die Sicherheit und den Transport bin ich verantwortlich, Mr. Cooper. Ihre Aufgabe war die Beschaffung und Qualität. Sie wählten diesen Handelsplatz, nicht ich. Wenn es hier nicht mehr adäquate Ware gibt, dann ist das nicht mein Problem, Sir. Einen weiteren Hafen werden wir nicht anlaufen. Morgen legen wir ab und setzen Kurs auf Virginia. So wie wir es vertraglich geregelt haben! Ausfälle sind einzukalkulieren.«

Cooper platze fast vor Wut. Doch er konnte nichts machen. Williams war der Kapitän.

»Simpson! Bringen Sie mein Boot zu Wasser. Ich brauche vier bewaffnete Männer. Ich gehe mit Mr. Cooper an Land!«

»Aye, Sir!«

Kurs West

Es gelang Cooper und Williams an diesem Nachmittag noch, 30 passable Sklaven zu kaufen, Allerdings waren es vor allem junge Frauen und Burschen. Cooper hatte sie günstig bekommen, sodass er einigermaßen zufrieden wieder zurück an Bord kam. Es durfte nun einfach nicht zu Ausfällen kommen.

Am Abend verkaufte Cooper die gesamte Ladung an französischen pot de chambre an Molly und Ben zum beinahe doppelten Preis als er selbst dafür bezahlt hatte. Dabei konnte noch nicht einmal geprüft werden, ob die Ware während des Sturmes Schaden genommen hatte. Cooper war sehr zufrieden mit seinen Geschäften, wenn auch ein gewisser Wermutstropfen dabei war, denn es waren leider nur 80 statt der erwarteten 100 Sklaven an Bord.

Molly ließ Mr. Mills, der einen Narren an ihr gefressen hatte, gleich am nächsten Morgen nach der Kiste suchen und bat ihn, sodann einige der Stücke zur Ansicht in ihre Kabine bringen zu lassen.

»Sagen wir 10 Stück, damit ich sie vergleichen kann, lieber Mr. Mills. Ich denke, Sie und Ihr Gehilfe können danach einen guten Schluck gebrauchen, ich lade Sie zu einer Flasche Port ein.«

Mills und sein junger Gehilfe, Michael, ein Junge von etwa 13 Jahren, waren hocherfreut, der feinen Dame einen Gefallen tun zu können. Schon wenig später stand die Kabine der Familie Jenkins voller Nachttöpfe.

Die »Bride« lichtete den Anker und setzte alle Segel.

Am Nachmittag bekam dann der Kapitän des Handelsschoners unerwarteten Besuch.

»Käpt' Williams, Sir! Das müssen Sie sich ansehen! Diese verrückte Irin verschenkt ihre feinen Pisspötte an die Schwarzen!«

Sinpson war in die Kajüte den Schiffsführers gestürzt, als wären Piraten hinter ihm her.

»Was erzählen Sie da? Welche Pisspötte? Meinen Sie die französischen Damennachttöpfe aus Mr. Coopers Frachtladung?«

»Genau die! Sie hat Cooper die Dinger abgeschwatzt und lässt sie nun an die Gefangenen verteilen. Angeblich, weil sie es nicht ertragen kann, dass diese Wilden in ihren Exkrementen sitzen, Das macht sie krank, hat sie gesagt. So was! Wir haben doch extra alles mit Sand und Stroh ausgestreut! So wie man das eben so tut. Jetzt haben diese Sklaven schon besserer Pisspötte als die Mannschaften. Diese Frau sollte man an der Rahnock aufhängen!«

»Immer mit der Ruhe, Simpson! Ich rede mit ihr. Aber wenn die Sklaven dadurch gesünder bleiben, kann das nur von unserem Interesse sein. Nur die wir am Ende dieser Reise verkaufen können, bringen Geld. Für Tote bezahlt niemand!«

Zum Teufel! Trotzdem! Sie soll sich nicht einmischen! Ich bin der Master! Die Schwarzen stehen unter meiner Aufsicht, solange sie an Bord sind!«

Selbstverständlich, Mr. Simpson! Und jeder Ausfall wird von ihrem Lohn abgezogen!«

»Wie abgezogen? Ich kann doch nichts dafür, wenn diese Wilden verrecken! Bisher geht es denen hervorragend. Müssen nichts tun, werden gefüttert und getränkt und liegen den ganzen Tag auf der faulen Haut!«

Williams überlegte.

»Ja, faule Haut trifft es wohl am besten. Wissen Sie was? Lassen Sie ab sofort jeden Sklaven für eine Stunde am Tag an Deck. Sie sollen bewegt werden. Lassen Sie sie tanzen, wenn es sein muss! Und sie sollen sich mit Seewasser abwaschen. Auch jeden Tag. Noch dazu teilen Sie ein paar von den jungen Burschen unter den Sklaven ein, die die Nachttöpfe regelmäßig leeren und auswaschen sollen! Das spart uns das Ausmisten. Dazu brauchen Sie nur ein paar Eimer und etwas Tau. Auch Wilde brauchen eine Aufgabe. Und wir halten sie in Bewegung und können sie so jeden Tag begutachten.«

»Sir, ich verstehe nicht...?«, wollte Simpson protestieren, aber Williams lehnte ab:

»An die Arbeit, Simpson! Oder wollen Sie die Pötte selbst ausleeren?«

Kapitän Williams ging an Deck. Dort traf er auf das Ehepaar Jenkins, die gerade eine Abendrunde auf dem Achterdeck machten. Es war angenehm warm, die Sonne stand schon tief und es wehte ein stetiger Passatwind, der das Schiff schnell voranbrachte. Nur eine leichte Krängung machte das Gehen an Deck etwas mühsam, man lief dabei immer bergauf oder bergab.

»Guten Abend, Sir!«, begrüßte Molly den Kapitän. Ben tat es ihr nach, indem er nickte.

»Ähem, guten Abend, Madam. Mr. Jenkins?«, brummte Williams und räusperte sich.

»Haben sie schon von meiner Idee gehört, den Gefangenen die französischen Nachttöpfe zur Verfügung zu stellen? Das wird die Überfahrt für diese Menschen erleichtern. Ich bin froh, dass Mr. Cooper einverstanden war.«

»So, so. Mr. Cooper war einverstanden?«

»Ja, aber natürlich, Sir. Es war ja seine Ware, die ich erworben habe. Aber die Idee, damit für die Sauberkeit an Bord zu sorgen, war ganz alleine meine.«, sagte Molly zuckersüß.

»Leider haben wir kein Eau de toilette an Bord. Dann wäre dieser andauernde Geruch zu Ende.«

»Wie? Ah, natürlich, Madame.«, gab Williams zurück. In Gedanken ging er die Frachtliste durch. Nein, es war nichts dergleichen an Bord. Das hätte noch gefehlt, dass diese Frau die Sklaven parfümiert. Sie hätten sich zum Gespött der gesamten Seefahrt gemacht.

»Nun, Madam, das wäre dann wohl doch zu viel des Guten«, sagte der Kapitän knapp.

»Was geschieht denn nun, Sir?«

Simpson und drei seiner Wächter hatten die Luke zum Laderaum geöffnet und begannen damit einige der Sklaven an Deck zu holen.

»Sie bekommen etwas Frischluft und die Möglichkeit, sich zu waschen, Madame. So lautet mein Befehl.«

»Ach, Kapitän Williams. Ich wußte, Sie sind ein guter Mensch. Darauf hätte ich auch kommen können. Bekommen die Leute denn auch Seife und Handtücher?« fragte Molly mit unschuldiger Mine.

Williams verdreht die Augen.

»Äh, nein, tut mir leid. Das haben wir..., leider nicht vorgesehen...«

»Aber wenn sie nass sind, werden sie doch schrecklich frieren, in diesem Wind.«

»Aber nein, es ist doch warm. Sie werden sehen, die trocknen schnell. Und damit sie nicht frieren, sollen sie sich bewegen.«

Williams rief Simpson zu, dass sich die Männer bewegen sollten.

Murdoch, einer der Matrosen, spielte auf der Fiedel und Simpson brüllte die Sklaven an, sie sollten tanzen. Da sie nicht verstanden, was Simpson wollte, musste er es ihnen vormachen.

»Los! Ihr sollt tanzen, Ihr spanischen Ladies! Tanzt! Wenn Ihr in Pisspötte von den Franzmännern kacken könnt, dann könnt Ihr ja wohl auch tanzen!«

Die Mannschaft lachte und brüllte. Selbst Williams musste schmunzeln. Spanische Ladies. Als er jedoch Mollys angewiderte Mine sah, machte er sofort wieder ein ernstes Gesicht. Schließlich begannen die Sklaven sich im Rhythmus zu bewegen. Molly bewunderte das rhythmische Gefühl dieser Menschen, es sah elegant und fließend aus, nicht so linkisch wie bei Simpson.

»Ja! So ist es recht! Los, Murdoch, heiz ihnen ein!«

Einer der Tänzer verfiel in eine regelrechte Trance, er hörte nicht auf, auch als der Fiddler nach 10 Minuten sein Spiel beendete. Simpson brüllte ihn an:

»Hör auf, Du Dummkopf! Hörst Du nicht, dass die Musik aus ist?«

Dabei kam er sehr nahe an den Mann heran. Mit einem Mal stoppte der Mann seinen Tanz und warf sich trotz seiner Ketten auf Simpson. Er drückte ihn zu Boden und würgte ihn mit der Kette, die seine beiden Handschellen verband. Zwei Matrosen mussten ihn bändigen, indem sie massiv mit Knüppeln auf ihn einschlugen. Erst als sie ihn am Kopf trafen, sackte er kraftlos weg. Simpson rang um Luft. Er rappelte sich auf, nahm seine Peitsche und schlug auf den Bewusstlosen ein.

»Aufhören, Simpson! Sofort! Der Mann spürt nichts. Ihre Schläge sind umsonst!«, mischte sich nun Cooper ein.

»Ich bring den Kerl um! Von wegen umsonst! Ich schlage ihn tot!«

»Das lassen Sie sein! Sonst müssen Sie ihn mir ersetzen. Der Mann gehört mir!«, sagte Cooper und packte Simpsons Handgelenk. Simpson hielt ein, war aber kurz davor, Cooper zu schlagen.

»Simpson! Schluss jetzt! Sie haben den Mann genug

bestraft. Bringen Sie die Sklaven unter Deck! Cooper, lassen Sie ihn los!«, sagte nun der Kapitän in seinem lauten Befehlston. Die beiden Kontrahenten ließen von einander ab. Dann wandte sich der Kapitän an Molly und Benjamin:

»Da sehen Sie, wozu diese Wilden fähig sind. Wir dürfen Sie nicht zu gut behandeln!«

Tischgespräche

»Meine Hochachtung, Mrs. Jenkins! Sie haben es geschafft, dass mein Schiff nicht 10 Meilen gegen den Wind stinkt wie jedes andere Sklavenschiff. Ihre Maßnahmen sind zwar ungewöhnlich, aber anscheinend effizient. Eine gewisse Sauberkeit beugt Krankheiten vor. Das muss ich zugeben. Aber trotzdem haben Sie sich einige Feinde gemacht, vor allem bei der Mannschaft. Und machen wir uns nichts vor: Diese Sklaven sind und bleiben Wilde!«

Kapitän Williams war diesmal der Einladung von Ben und Molly gefolgt, die ihn und Mr. Cooper heute auf ihre Kosten bewirteten. Dazu war in der Messe eine Tafel gedeckt worden, und Molly hatte darauf bestanden, selbst in der Kombüse tätig zu werden. Sie hatte ein hervorragendes Essen zubereitet und Cooper und Williams damit und mit ein paar Flaschen Wein aus ihrem persönlichen Vorrat versöhnlich gestimmt.

»Mein lieber Kapitän. Ich habe das ja nicht getan,

um Ihnen einen Gefallen zu tun. Ich tat es aus reiner christlicher Nächstenliebe. Dass diese bedauernswerten Menschen jetzt jeden Tag eine Stunde an Deck dürfen und sich waschen können, ist hingegen nur dem geschäftsmännischen Kalkül zu verdanken, das davon ausgeht, dass sie bei guter Behandlung länger körperlich gesund bleiben. Welche seelischen Verletzungen jemand zu ertragen hat, der in so einer Situation ist, können wir nur erahnen.«, sagte Molly ernst und dachte an die Tage, die sie in Dublin im Gefängnis hatte verbringen müssen.

»Sie gehen davon aus, dass diese Wilden eine Seele haben? Das steht für mich nicht fest. Schließlich sind die meisten Heiden, manche sogar Moslems. Wie Sie gesehen haben, zögern sie keine Sekunde, uns alle zu töten, wenn wir die Kontrolle verlieren. Nein, Madame! Wir sind die Herren! Wir sind die Kultivierten hier. Sie haben gesehen, wie kräftig sie sind. Der Mann hätte Simpson getötet. Ich trage hier die Verantwortung und ich bin mir dessen jeden Moment bewusst!«, gab Williams zu bedenken.

Molly schwieg. Hier zu diskutieren war unnötig. Sie hatte eine leichte Verbesserung der Situation erreicht. Aber sie war noch nicht am Ziel.

Benjamin versuchte, die Stimmung zu retten:

»Mr. Cooper, wie geht es dem Sklaven, der den Steuermann angegriffen hat? Ist er wieder wach? Wie ich hörte, gehört der Mann Ihnen.«

»Ein zäher Bursche, scheint sich zu erholen. Die anderen zollen ihm anscheinend Respekt. Womöglich ein Häuptling oder Anführer. Es wird nötig sein, ihn getrennt von den anderen zu halten. Wenn man solche Kerle isoliert, dann kann man am ehesten ihren Willen brechen.«

»Willen brechen, wie das klingt...«, murmelte Molly.

»Natürlich! Es stolze Männer unter diesen Wilden. Sie zu beugen ist wichtig. Glauben Sie mir, auf einer Plantage mit 50 Sklaven und 3 Aufsehern darf man nie eine Schwäche zeigen. Genau so verfährt der Gouverneur von Virginia auch mit den Patrioten. Äußerst hart und keinen Handbreit nachgeben.«

Doch plötzlich entspannten sich die Züge Coopers.

»Morgana, es tut mir wirklich leid, dass Sie das alles hier miterleben müssen. Das war nie mein Plan. Ich verstehe bis heute nicht, warum sie dieses Schiff wählten.«, fuhr Cooper nun wieder in seinem einfühlsamen, väterlichen Tonfall fort.

»Wir sind, ... wir wollten noch vor Weihnachten in Boston sein. Zugegeben, es war etwas überstürzt. Aber es war auch nie die Rede von einem Sklaventransporter.«

Ben mischte sich wieder ein. Er hatte Angst, Molly könnte zu viel von ihrer Vergangenheit verraten.

»Wie geht es eigentlich Mr. Haynes? Konnte man ihn befragen, was ihn dazu bewogen hat, mich über Bord zu werfen?«

»Nein, er kann sich an nichts erinnern. Er versteht nicht, warum er eingesperrt im Kabelgatt sitzt. Morgen werde ich ihn holen lassen. Eigentlich brauche ich den Mann, unsere Besatzung ist nicht gerade groß. Aber ich muss erst prüfen, ob er diensttauglich ist.« sagte Williams beiläufig.

»Wie bitte? Sie wollen den Mann, der offensichtlich einen Mordanschlag auf Ben verübt hat, laufen lassen?«, sagte Molly aufgeregt.

»Was schlagen Sie vor? Er war zwei Tage bewußtlos und kann sich an nichts aus der letzten Woche erinnern. Ich muss ihn durchfüttern und er soll nichts arbeiten? Vielleicht hat er Ihren Mann ja wirklich für ein Gespenst gehalten!«

Cooper musste lachen. Williams grinste. Ben sah Molly betroffen an.

»Nun, wenn Sie für ihn bürgen, Sir. Aber wenn es noch einmal zu einem solchen Vorfall kommen sollte, dann müssten Sie die Konsequenzen tragen«, sagte

Benjamin schließlich.

Williams Grinsen erstarb.

»Wie meinen Sie das? Wollen Sie mir etwa drohen?«, fragte er schroff.

»Oh nein, Sir. Aber wie Sie bereits sagten, Sie tragen hier die Verantwortung!«

Wieder war es Cooper, der die Situation als erster erkannte.

»Nun, mein Lieber. Wo er recht hat, hat er recht..«

Williams hatte einen hochroten Kopf. Diese Leute raubten ihm noch den letzten Nerv.

»Wenn Sie darauf bestehen, werde ich Haynes anklagen. Seine Tat ist unverzeihlich. Von mir aus soll er hängen!«

Molly erschrak.

»Wohl gesprochen, Kapitän! Keine Handbreit nachgeben. Mordversuch bleibt Mordversuch. Wer weiß, wer ansonsten als nächstes angegriffen wird«, sagte Cooper nun.

Ben nickte. Molly sah ihn entsetzt an. Warum war Ben auf einmal wieder so für eine Verurteilung? Ein kurzes Zwinkern sollte Molly verraten, dass er einen Plan hatte. Doch sie quittierte es mit einem unverständigen Blick. Ben lächelte gequält.

Cooper erzählte inzwischen von den Plantagen Virginias und der harten Arbeit dort. Von Schwierigkeiten bei der Versteuerung und dem Handel, dass man angewiesen sei auf englische Schiffe, da sich Großbritannien mit den meisten großen seefahrenden Nationen Europas im Wettbewerb stand oder sogar Krieg gegen sie führte. Er erzählte dass die Milizen der Patrioten mittlerweile über viele Freiwillige und die sogenannten Minutemen verfügten. Da jeder Haushalt in den Kolonien über Schusswaffen verfüge, wären die Männer dort innerhalb von Minuten kampfbereit. Allerdings zerstreue sich diese enorme Kampfkraft auch wieder schnell, wenn die eigenen Höfe bedroht waren. Dann würden auch die patriotischsten unter den Kämpfern alles fahren lassen und nach Hause gehen. Molly verfolgte sein Reden aufmerksam und fragte immer wieder nach, um noch mehr Details zu erfahren, bis Cooper sich ertappt fühlte und seine Erzählungen beendete.

»Verzeihen Sie mir, ich erzähle und erzähle...«, sagte er schließlich, »Ich möchte Sie nicht langweilen. Wie sieht es aus, möchten Sie morgen Vormittag wieder etwas üben? Ich stehe gerne mit meinem Waffen zu Ihrer Verfügung.«

Prozess

»Warum hast Du Mr. Jenkins angegriffen, Haynes?«, fragte Kapitän Williams zum zweiten Mal.

Haynes zuckte nur mit den Schultern.

»Ich kann mich an nichts erinnern. Ich weiß nur noch, dass ich Wache hatte und dann gingen bei mir plötzlich die Lichter aus, Sir! Ehrlich!«

»Hätte Mrs. Jenkins nicht beherzt eingegriffen, wäre ihr Mann über Bord gegangen. Was das bedeutet, bei Nacht im November, bei der Gezeitenströmung vor Lorient, brauche ich nicht zu erläutern! Den sicheren Tod! Die Anklage lautet somit auf versuchten Mord! Darauf steht der Strick, Haynes!«, sagte Williams deutlich vernehmbar.

»Oh, nein, Sir! Bitte! Das kann doch nicht sein. Sie müssen Sich irren! Ich wollte niemandem etwas tun. Ich kann mich wirklich an nichts erinnern! Aber es war bestimmt nicht meine Absicht!«, jammerte Haynes nun.

»Die Aussagen von Mr. und Mrs Jenkins, auf die

sich diese Anklage stützen, sind absolut glaubwürdig und nicht anzuzweifeln. Es gibt nur ein Urteil für Dein Vergehen, Haynes!«

Williams blickte in die Runde. Die Verhandlung hatte er öffentlich auf dem Achterdeck anberaumt, die gesamte Mannschaft und alle Passagiere waren versammelt. Für die Damen hatte man gepolsterte Sitzmöglichkeiten mit gutem Blick auf das Geschehen eingerichtet. Bis auf Ben und Molly verfolgten diese mit ihren Ehegatten das Schauspiel, als fände es zur Belustigung der Passagiere statt.

Haynes war sichtlich erschüttert. Er schüttelte nur den Kopf.

Da fasste sich Benjamin ein Herz und bat den Kapitän um das Wort.

»Kapitän Williams, Sir. Wenn Sie erlauben, möchte ich gerne ein paar Worte sagen.«

Williams nickte zögernd, doch dann besann er sich, ließ ihm das doch Zeit, den Urteilsspruch genau vorzubereiten.

»Ähem«, räusperte sich Ben, »Sehr verehrter Kapitän Williams, Ladies und Gentlemen, geehrte Anwesende!«

Einige der Seemänner stießen sich bei dieser Anrede gegenseitig grinsend in die Rippen.

»Ich habe nun mit meiner lieben Frau zusammen auf diesem Schiff schwere und angenehme Tage verlebt. Ich habe viel gelernt, darüber wie anspruchsvoll die Aufgabe ist, ein solches Schiff zu führen, aber auch wie sehr die See uns Menschen herausfordern kann. Ich habe das Handwerk, nein, die Kunst der Schiffsführung und die der Seemannschaft vom ersten bis zum letzten Mann schätzen gelernt. Hier inmitten des Atlantischen Ozeans den Weg im Nirgendwo zu finden, ist wahrlich eine große Kunst. Genauso ist es eine Herausforderung, hier jeden Tag für Sauberkeit und Ordnung oder warme Mahlzeiten zu sorgen, egal wie schräg das Schiff durch die Seen pflügt.

Wie schnell Angst und Schrecken hier die Menschen zur Verzweiflung treiben können, habe ich am eigenen Leib erfahren. Ich bin mir sicher, dass sich auch Mr. Haynes in einer Ausnahmesituation befand, als er als Wachhabender eine weiß gekleidete dürre Gestalt in der Nacht an der Reling erblickte! Meine Damen und Herren! Wie hätten Sie reagiert? Wären Sie vor Schreck erstarrt und hätten Sie um Hilfe gerufen?«

Benjamin hatte seine letzten Sätze laut gerufen, um ihnen Nachdruck zu verleihen. Er blickte dabei in die Runde und rollte mit den Augen.

Die Damen in der ersten Reihe quittierten seinen

Auftritt mit einem »Oooh!«. Molly musste sich beherrschen, nicht zu grinsen.

»Nicht Mr. Haynes! Er packte das vermeintliche Gespenst und versuchte, es ins Meer zu werfen, um so Unglück vom Schiff und seiner Besatzung abzuwenden!«

Kapitän Williams wurde es zu bunt.

»Kommen Sie zum Punkt, Sir! Was wollen Sie uns sagen?«

»Nun, Sir, ich möchte damit sagen, dass ich mich nicht von Mr. Haynes als Person angegriffen fühle. Ich verzeihe ihm sein Versehen und nehme die Anklage hiermit zurück!«

Ein Raunen ging durch die Menge. Longford sagte laut: »Ha! Das ist doch ein Witz!«

Haynes sah Benjamin an und wusste nicht, was er sagen sollte. Schließlich stammelte er:

»Danke, Sir, vielen Dank! Das vergesse ich Ihnen nie!«

»Hätten Sie das nicht vorher sagen können, Mr. Jenkins?«, fragte der Kapitän erbost aber leise von der Seite zu Benjamin, »Wie stehe ich jetzt da?«

»Wie der Herrgott persönlich, der nun Gnade walten lassen kann, Archibald«, sagte nun Cooper, der neben Williams stand leise, so dass auch dies niemand ausser ihm hören konnte.

Der Schiffsführer nahm seinen Hut und setzte ihn auf.

»Im Namen des Königs, den ich hier an Bord vertrete, spreche ich den Gefangenen John Haynes frei. Er hat versehentlich gehandelt, in der Dunkelheit konnte er nicht erkennen, was oder wen er bekämpfte. Die Verhandlung ist geschlossen! Mr. Simpson! Alle Mann zurück auf die Stationen. Und lassen Sie die nächsten zehn Sklaven an Deck!«

Als alle das Deck verlassen hatten, ging Haynes zu Benjamin, der noch geblieben war, und bedankte sich nocheinmal.

»Danke, Sir! Das hätten die wenigsten getan. Sie sind ein wahrer Gentleman!«

»Schon gut, Haynes. Aber jetzt können Sie etwas für mich, beziehungsweise uns tun.«

Haynes sah Benjamin unsicher an.

»Aber natürlich, Sir! Alles was Sie wollen. Ich stehe tief in Ihrer Schuld. Was soll ich denn machen?«

»Verraten Sie mir Ihren Auftraggeber!« sagte Benjamin gelassen.

Haynes erschrak.

»Ich..., ich verstehe nicht, Sir! Welchen Auftraggeber? Welcher Auftrag denn?«

»Ganz einfach. Wer hat Sie in Dublin beauftragt,

mich und wahrscheinlich auch Mrs. Jenkins umzubringen?«

Haynes stand wie versteinert da.

»Reden Sie, Mann! Ich kann auch zu Kapitän Williams gehen und ihm sagen, dass ich es mir anders
überlegt habe. Von mir aus jetzt gleich!«

»Ich, ich ..., weiß wirklich nicht...!« Ben sah ihn
scharf an.

»Jetzt, Haynes! Reden Sie oder gehen Sie an den
Galgen! Das ist mir gleich!«

Haynes zuckte. Schließlich begann er zu erzählen.

»Ein Mann, etwa 50 Jahre alt, sprach mich an. Er
trug einen Umhang. Ich weiß nicht, wer es war. Er
hatte einen grauen Backenbart und eine Glatze. Unter seinem Umhang trug er einen Dienerrock. Ja, der
Mann war irgendein Lakai. Er gab mir einen Beutel
voll Geld. Und ich sollte mehr erhalten, wenn ich wieder in Dublin sei und Sie beide tot«, sprudelte es nun
aus dem Mann heraus.

»Wie hieß der Mann?«, fragte Ben weiter.

»Das weiß ich nicht, wirklich!«

»Hm. Und der Geldbeutel? Haben Sie ihn noch?«

»Ja, Sir. Ich kann ihn Ihnen zeigen.«

Wenig später hatte Haynes einen kleinen ledernen

Beutele aus seinen Habseligkeiten im Vorschiff geholt.

»Wieviel Geld war in dem Beutel?«, fragte Ben.

»12 Pfund, Sir. Und dieser hochnäsige Lakai versprach mir einen Weiteren.«

Ben besah sich den Beutel und erkannte die Machart. Einen ganz ähnlichen hatte er mit gleichem Inhalt von seinem ehemaligen Dienstherren zur Entlohnung erhalten.

»Gut. Geben Sie mir den Beutel. Das Geld können Sie behalten. Aber kein Wort zu niemandem! Und jetzt verschwinden Sie!«

»Danke, Sir! Vielen Dank!«

Machenschaften

»Du meinst, der Auftraggeber für den Mordversuch war Lord William Godfrey?«, fragte Molly bestürzt, als Ben ihr in der Kabine von Haynes' Aussage erzählte.

»Nun zumindest sind der Beutel und die Beschreibung des Dieners starke Indizien. Die Beschreibung trifft auf Hobbs zu, dem Kammerdiener seiner Lordschaft. Aber eindeutige Beweise sind das nicht. Sie hätten vor Gericht niemals Bestand.«

»Und wer sagt uns, dass dieser Haynes uns nicht weiter nach dem Leben trachtet? Immerhin winkt ein zweiter Beutel mit 12 Pfund in Gold.«

»Niemand. Aber immerhin sind wir gewarnt. Auch ist es möglich, dass Haynes einen Komplizen und Mitwisser an Bord hat. Diesen Simpson zum Beispiel. Er kann uns nicht leiden. Allerdings ist er damit beschäftigt, die Sklaven zu quälen. Der Käpt'n ist es sicher nicht, er hätte Haynes entweder gedeckt oder ihn unauffällig beiseite geräumt.«

»Oh, mein Gott! Und ich dachte, nach den Stürmen und den Sklaven an Bord könnte es nicht noch schlimmer werden«, sagte Molly und begann zu weinen.

Benjamin zog sie an sich und umarmte sie.

»Keine Angst, Liebling. Wir sind nun bewaffnet und kennen die Gefahr. Das ist schon ein Fortschritt. Aber unbekümmert und sorglos können wir jetzt nicht mehr sein. Ich überlege, ob wir Haynes nicht Geld anbieten, damit er auf uns aufpasst.«

Mollys Angst schien verflogen.

»Also wirklich, Ben! Glaubst du wirklich, aus einem schlechten Meuchelmörder wird ein guter Leibwächter?«, sagte Molly und befreite sich aus Bens Armen, »Da würde ich lieber auf Mr. Cooper setzten!«

»James Cooper? Der hat auch zwei Gesichter! Das eines Sklaventreibers und das eines väterlichen Freundes. Ich bin mir bei ihm nicht sicher. Irgendetwas verheimlicht auch er!«

»Ach, Mr. Neunmalklug! Auch schon bemerkt? Er ist natürlich einer dieser Patrioten. Ein Rebell! Ein Tabakpflanzer und Händler aus Virginia! Der lässt sich doch von keinem König der Welt etwas diktieren! Sein König heißt Profit!«

Ben überlegte.

»Da könntest Du wirklich recht haben. Aber wieso hilft er uns? Er beschützt uns, indem er uns lehrt, uns zu wehren. Ausserdem bezweifle ich, dass er wirklich schon in Dublin an Bord gekommen ist. Wieso sollten die Franzosen in der Nacht gekommen sein? Sie haben nichts geholt oder gebracht. Keine Kisten oder Säcke. Weißt Du was? Ich glaube, sie hatten nur eine Fracht dabei. Mr. James Cooper!«

»Und was soll Cooper in Frankreich gemacht haben? Nachttopfgeschäfte?«

»Das finde ich noch heraus. Aber Du hast etwas sehr interessantes gesagt.«

»Was meinst Du?«

»Ich habe den Verdacht, dass Mr. Cooper tatsächlich seine französischen Geschäftsbeziehungen genutzt hat. Schließlich sind die Feinde Englands Freunde der Rebellen!«

»Du meinst also, dass Cooper nicht nur ein Rebell, sondern auch ein Verräter ist? Ein Agent der Franzosen?«

»Falls man das überhaupt unterscheiden kann. Sollte Frankreich die Separatisten unterstützen, wird es zu einen langen Krieg mit offenem Ausgang kommen. Bisher gab es ja nur kleinere Scharmützel. Allerdings sind unsere Informationen bereits sechs Wochen alt.

Was sich seitdem ereignet hat oder im Moment entwickelt, ist nicht bekannt. Wir werden es erst bei unserer Ankunft erfahren.«

»Oh, Ben! Wir begeben uns in eine sehr ungewisse Zukunft. Wir sind doch auf den Sieg der königstreuen Loyalisten angewiesen, oder? Was, wenn die Rebellen gewinnen? Wir würden dann alles verlieren!«

»Das steht zu befürchten, meine Liebste. Das steht zu befürchten«, sagte Benjamin langsam.

Er dachte daran, wie groß die Kolonien mittlerweile waren. Über zwei Millionen Einwohner. Und jeder Mann bewaffnet, hatte Cooper gesagt. Gut, vielleicht hatte er übertrieben. Aber wenn die Loyalisten fähige Kommandeure hatten, und davon war auszugehen, denn einige hatten in den Kriegen gegen die Franzosen in der britischen Armee gekämpft, dann würden sie bestimmt eine starke Armee aufstellen können. Ein eigenes Parlament, sie nannten es den Kongress, hatten sie bereits gegründet. Eine Regierung. Alle Grundlagen eines Staates waren da. Und dieser Staat schien eine Grundidee zu haben, die genauso alt wie revolutionär war. Freiheit!

»Ben? Was ist? Woran denkst Du?«, holte Molly ihn aus seinen Gedanken.

»Ich habe nachgedacht, Molly. Wir müssen uns irgendwie nach einer Möglichkeit umsehen, uns notfalls mit beiden Seiten arrangieren zu können. Ich kann diese Patrioten verstehen. Aber wir sind Einwanderer und sollen englische Besitzungen übernehmen. Wenn die Loyalisten verlören, würde uns das die rechtlichen Grundlagen entziehen. Wir wären mittellos.«

»Das habe ich doch gerade gesagt, Benjamin Jenkins. Das ist mir völlig klar. Wir brauchen einen Plan, wenn das passiert.«

»Meine liebe Molly. Es kann aber genau so gut sein, dass der König so entschlossen zuschlägt, dass jeder Widerstand gebrochen wird. Man wird in London alles daran setzten, die Kolonien zu halten. Leider scheinen die Hardliner sich durchgesetzt zu haben. Auf beiden Seiten. Die Vorfälle in Boston sind bereits zwei Jahre her. Eigentlich wollen die Kolonisten nur Repräsentanten in der Regierung in London. Aber man gesteht sie ihnen nicht zu, genauso wie in Irland und in allen anderen Provinzen.«

»Wir müssen also nicht nur einen Plan machen, sondern zwei?«

»Ich fürchte, ja. Aber wir brauchen für beide Pläne Verbündete. Ich bin der festen Überzeugung, das Cooper und Williams unter einer Decke stecken. Wieso sollte der Kapitän sonst Lorient angesteuert haben?

Die beiden sind für uns der Schlüssel zu einem Leben in den Kolonien, falls sich diese von England lossagen.«

»Und falls der König obsiegt? Was machen wir dann? Wenn wir vorher mit Verrätern paktieren, werden wir ebenfalls angeklagt.«

»Du hast recht. Das ist alles sehr gefährlich. Aber im Moment sind wir sicher, wenn wir uns zu gar keiner Seite offen bekennen. Cooper und Williams spielen ja auch ein falsches Spiel. Bisher denken alle, wir wüssten von nichts Bescheid. Warten wir ab, was inzwischen in Amerika passiert ist. Wir sind schließlich Zivilisten.«

»Ich kann ja meine Nachttöpfe auch an patriotische Loyalistenfrauen verkaufen. Falls diese gebrauchte »pot de chambre« nehmen.«

Ben musste lachen:

»Ja, wir werden das Beste aus unserer Situation machen.«

Mangel

»Mr. Cooper, Kapitän Williams, Sir! Einigen Sklaven geht es sehr schlecht. Sie können kaum aufstehen und sich bewegen, einem sind gestern drei Zähen ausgefallen. Die anderen haben ständig Blut im Mund. Auch wenn ich kein Arzt bin, Sir, ich glaube, die Männer haben Skorbut.«

Simpson war zu Williams und Cooper in die Kapitänskajüte gekommen, als diese besprachen, wo nun genau der beste Platz sei, mit den Sklaven an Land zu gehen, denn sie rechneten durchaus mit einer britischen Seeblockade.

»Was? Nach zwei Wochen auf See? Das kann doch nicht sein!«, rief der Kapitän. »Haben Sie den Leuten denn nicht gut zu essen gegeben, Simpson?«

»Doch, Sir, zweimal am Tag. Erbsen und Bohnen und Salzfleisch. Dazu mehr Wasser als üblich. Sie haben ja gesagt, dass wir keinen Mangel an Wasser haben.«

»Simpson, wenn wir zwei Monate unterwegs wären, hätte ich gesagt, das wäre normal. Aber nach so kurzer Zeit?«, mischte sich nun Cooper ein. »Sie müssen den Sklaven Zitronensaft geben.«

»Und woher soll ich den nehmen? Nur die Navy leistet sich dieses teure Zeug. Vier Wochen waren maximal geplant, dafür genügt bei gesunden Sklaven der normale Fraß. Und Sie haben die Schwarzen doch selbst nach ihrem Gesundheitszustand ausgesucht, Mr. Cooper!«, gab der Steuermann frech zurück.

»Das ist im Moment alles, Simpson! Gehen Sie zurück an Ihre Arbeit!«, beendete Kapitän Williams den Disput. Mit einem »Aye, Sir!«, trollte sich dieser davon.

Cooper war wütend. Es gab nur eine Erklärung, warum die Leute jetzt schon krank wurden. Sie mussten schon lange vorher schlecht ernährt worden sein. Natürlich war das beim An-Bord-bringen noch nicht aufgefallen, die offensichtlich Kranken hatte er ja eigenhändig aussortiert. Sie mussten noch etwa eine Woche durchhalten, bevor man sie mit frischen Nahrungsmitteln versorgen konnte. Jetzt allerdings konnte man nur die Kranken von den Gesunden trennen. Cooper musste mit dem Kapitän reden.

»Archibald, wir müssen eine Entscheidung treffen.

Entweder wir sondern die Kranken aus, oder wir laufen Gefahr, dass die Gesunden ebenfalls krank werden.«

»Wieso? Soweit es mir bekannt ist, ist Skorbut nicht ansteckend. Lassen wir alles so, wie es ist. Wenn einer stirbt, bekommt er eine Seebestattung. So wie jeder hier an Bord. Eines tue ich sicherlich nicht: Irgendjemanden lebend über Bord gehen lassen!«

»Hören Sie, Kapitän! Es ist genug Platz, um für die Kranken einen extra Raum zu schaffen. Lassen Sie den Zimmermann ein paar Zwischenwände einziehen. Die Weiber sollen sich um die Kranken kümmern. Jeden, den wir durchbringen, können wir verkaufen.«

»Ah, ja? Und wer bezahlt den Mehraufwand?«, sagte Williams kühl. »Nochmal! Es war Ihr Hafen, Ihre Verbindungen. Wir hätten schon 300 Meilen weiter nördlich Sklaven kaufen können. Wir haben dadurch mindestens drei Tage verloren. La Goreé war eine Fehlentscheidung.«

Cooper saß auf einem Stuhl gegenüber des Kapitäns. Dieser lehnte sich bequem in seinem schweren Sessel zurück und trommelte mit den Fingern auf seinen Schreibtisch. Noch eine Woche bis Virginia. Sie kamen bereits in kühlere Gefilde und die Schwarzen, die nur notdürftig bekleidet waren, froren in ihrem Deck. Die vom Skorbut geschwächten wurden zusätzlich von

Fieberschüben, Husten und Schnupfen gepeinigt, wer Durchfall bekam, verlor schnell alle Kräfte. 10 von den 80 Gefangenen konnten ihr Lager nicht mehr verlassen und auch nicht zum täglichen Bewegen an Deck. Die Sklaven wuschen sich nur noch widerwillig, zu kalt war das Seewasser inzwischen geworden. Diese Situation hatte sich bereits seit einer Woche angekündigt.

Simpson benutzte die Peitsche und den Knüppel ständig, um die armen Menschen anzutreiben. Die dadurch entstandenen Verletzungen entzündeten sich fast immer und sorgten zusätzlich für einen hohen Krankenstand.

Die Männer schwiegen sich minutenlang an. Da klopfte es an der Kajütentür.

»Herein, verdammt!« rief Williams mürrisch, da er nun wirklich keine weiteren schlechten Nachrichten mehr hören wollte.

Die Türe ging auf und Molly steckte den Kopf durch den Spalt.

»Kapitän Williams, Sir. Mr. Cooper. Darf ich eintreten?«, sagte sie sanft.

»Misses Jenkins! Verzeihen Sie bitte, ich dachte, dieser Simpson bringt mir noch mehr schlechte Nachrichten. Was kann ich für Sie tun?«, sagte der Kapitän und erhob sich von seinem Sessel. Auch Cooper war aufgestanden und hatte dabei den Stuhl umgeworfen. Peinlich berührt hob er ihn auf.

»Auf ein Wort, Gentlemen. Ich muss Ihnen beiden etwas sehr Dringendes sagen!«

»Nun, Madame, wenn es keinen Aufschub erlaubt, dann bitte – sprechen Sie. Aber kommen Sie doch zuerst herein, nehmen Sie Platz.«, sagte Williams etwas ruhiger.

»Nun, es geht wieder einmal um die Sklaven. Ich muss leider anmerken, dass es diesen bedauernswürdigen Kreaturen sehr schlecht geht. Sie frieren und viele sind krank. Ich hörte auch, wie Ihre Männer sagten, einige litten unter Sorbutt! Was bedeutet das?«

James Cooper zog die Augenbraue hoch. Dieses Frauenzimmer stellte sich absichtlich dumm. Er war ja bereits gewarnt, da sie ihm die Nachttöpfe abgeschwatzt und dann den Gefangenen überlassen hatte. Irgendetwas führte sie wieder im Schilde. Williams jedoch schien nichts derartiges zu bemerken.

»Ja, das ist sehr bedauerlich, Madame. Normalerweise beginnen solche Erkrankungen erst nach vielen Wochen auf See. Die Schwarzen müssen schon länger Mangel gelitten haben. Unser Essen hier für sie ist eigentlich gut und ausreichend. Es heißt übrigens Skorbut.«

»Schön und gut, Sir. Aber diese Erklärung schafft noch keine Abhilfe gegen Kälte und Krankheit. Was gedenken Sie zu tun? Ich nehme an, dass Sie getauft sind, Kapitän?«

»Selbstverständlich, Misses Jenkins. Jeder hier an Bord ist ein guter Anglikaner oder zumindest Katholik!«

»Dann kennen Sie die Bergpredigt, Sir? Ja, natürlich! Sie haben sie ja letzten Sonntag bei der Messe vorgelesen.«

»Ja, wie? Natürlich. Trotzdem, ich verstehe Sie nicht, was hat das...? Wir haben doch hier ganz andere Probleme!«, stammelte Williams nun.

»Archibald, ich glaube, die junge Dame hier will uns auf unsere christliche Pflicht zur Nächstenliebe hinweisen. Stimmt das, Morgana?«

»Genau. Was man Gutes erwartet von anderen sollte man dem Geringsten selbst tun. Wenn hier schon Mangel an frischen Lebensmitteln und warmen Decken besteht, sollten wir es doch nicht an unserer Christenpflicht mangeln lassen. Ich werde eine Sammlung unter der Mannschaft und den Passagieren veranlassen, um warme Kleidung und Decken an diese armen Menschen ausgeben zu können. Und Sie sollten mit gutem Beispiel vorangehen und mich dabei unterstützen!«

Williams schwoll der Kamm. Man konnte förmlich sehen, wie seine Halsschlagader dick und sein Kopf hochrot wurde.

»Madame, ich muss nun doch darauf bestehen, dass Sie es fortan vermeiden sollten, sich in die Führung dieses Schiffes einzumischen! Sie haben schon genug Unfrieden gestiftet! Ich fordere Sie hiermit auf, diese Kajüte zu verlassen. Begeben Sie sich in Ihre Kabine! Auch das Achterdeck ist ab sofort dem Kommandierenden und der Mannschaft vorbehalten! Unterstehen Sie sich, hier irgendetwas zu sammeln oder auszugeben!«, herrschte Williams Molly nun sehr rau an. Er war erneut aufgesprungen und hätte sich dabei beinahe am niedrigen Deckenbalken gestoßen. Cooper zog erneut seine Augenbraue hoch, aber er schwieg.

»Ich verlange, dass Sie dies in Ihr Logbuch eintragen. Ich finde Ihr Verhalten respektlos einer Dame gegenüber. Mr. Cooper, Sie sind mein Zeuge!«, sagte Molly nun forsch.

»Ähem«, räusperte sich dieser, »Selbstverständlich, Morgana. Ich bitte Sie trotzdem, den Anweisungen des Kapitäns Folge zu leisten.«

Molly machte auf dem Absatz kehrt, stürmte hinaus

und knallte die Kajütentür hinter sich zu. Im Gang ließ sie einen empörten Schrei hören.

»Was fällt diesem Weib ein? Ich lasse Sie in Ketten legen!«, rief nun der Kapitän erbost. Doch Cooper beschwichtigte ihn.

»Zugegeben, die junge Dame hat Feuer. Dennoch sollte man gelassen bleiben, Archibald. Dienen wir nicht einer größeren Sache? Was soll sie schon machen? Niemand wird ihren Beschwerden Gehör schenken, weil es einfach niemanden interessiert«, sagte der Tabakpflanzer ruhig.

Williams setzte sich wieder in seinen Sessel.

»Das stimmt natürlich. Weder wir, noch der Schiffseigner in Dublin werden dieser Frau zuhören. Der hat doch überhaupt kein Interesse an seinen Schiffen. Er hat dieses Schiff gekauft, ohne zu wissen, wie genial diese neue Konstruktion ist. Ich habe gehört, sein Sekretär, der letztes Jahr verstarb, habe da mehr Verstand gehabt. Aber dieser kleine Lord aus Westirland? Lächerliche Gestalt. Und wie sollte diese Jenkins auch Kontakt zu ihm aufnehmen? Ich glaube, dass dieser Lord nicht einmal den Namen seines Schiffes weiß. Jedenfalls hat er es ja an Sie verchartert, ohne Sie jemals gesehen zu haben.«

»In der Tat, ein ziemlicher Dummkopf, nur das Geld

hat ihn interessiert. Mit der typischen britischen Über-
heblichkeit der Aristokratie. Schon alleine deswegen
sollte man sich in den Kolonien dieser Herrschaften
entledigen. Und der König ist doch nur deren Spielfi-
gur.«, grinste Cooper, »In einer neuen Ordnung werden die besten Köpfe der Gesellschaft die Führung
übernehmen. Und das sind die Unternehmer und Geschäftsleute, die das Rückgrat einer wachstumsorien-
tierten Wirtschaft bilden. Dieses Schiff steht sinnbild-
lich dafür. Eine Innovation, die nur von klugen Menschen als Zukunftstechnik erkannt wird. Aber Klugheit
erwirbt man eben nicht durch eine Geburt von hohem
Stand!«

»In der Tat, James. Aber Dummheit eben auch nicht.
Ein paar gute Köpfe sind schon unter den Anführern
der Armee und der Administration. Denken Sie an
Murray, den Earl of Dunmore oder General Gage.«

»Dunmore? Grotesk! Der steht als Gouverneur von
Virginia für mich an erster Stelle derer, die aus dem
Land geworfen werden müssen. Und glauben Sie mir,
es wird nicht mehr lange dauern!«, erzürnte sich nun
Cooper, der bei diesem Thema sofort Feuer fing.

»Etwas dezenter, James. Wir sind hier nicht vor
Spitzeln sicher. Dieser Jenkins bleibt mir suspekt. Auch
innerhalb der Mannschaft gibt es loyale, königstreue

Männer, die bei der Navy waren und zu viel über uns erfahren könnten. Unsere Sache hängt noch immer am seidenen Faden. Wir segeln unter britischer Flagge, auf einem Handelsschiff eines britischen Lords. Erst wenn wir einen freien Hafen anlaufen, können wir uns zu erkennen geben. Dann wird auch die »Bride of Boston« als Kriegsbeute, als Prise, in den Besitz der Patrioten übergehen. Solange müssen wir die Maskerade aufrecht erhalten. In gewisser Weise leiden wir auch an Mangel. Nämlich an einem Mangel an Information.«

Medizin

»Dieser Williams! So ein unmöglicher Mensch! Was glaubt der, wer er ist? Alle irischen Fuhrleute zusammen sind nicht so unverschämt wie Kapitän Archibald Williams!«

Molly saß auf ihrer Koje, hatte sich eine Decke umgewickelt und schimpfte ununterbrochen.

»Dieser Mann geht über Leichen. Wusstest Du das? Sag doch auch etwas dazu, Ben! Ich wußte es, ich habe einen Waschlappen geheiratet! Wenn Du ein Mann wärest, würdest Du ihn zum Duell fordern! So lässt ein Ehrenmann nicht mit seiner Frau umspringen! Aber Du?«

»Kein Problem, Liebling. Ich gehe hin und fordere Satisfaktion! Gute Idee. Soll ich Pistolen oder Säbel nehmen?«

Molly hielt inne.

»Nein, tu das nicht! Er würde Dich in Stücke reißen!«

»Ich fürchte, ich würde nicht einmal an ihn her-ankommen, niemand kann den Kapitän eines Schiffes zum Duell fordern. Sonst gäbe es keine Disziplin an Bord. Wir sind hier nicht auf einem Piratenschiff. Wür-de ich ihn fordern, hätte er das Recht, mich einfach gefangen nehmen zu lassen, oder mich notfalls gleich selbst hinzurichten. Aber wenn Du darauf bestehst...«

»Oh, Ben! Nein, bitte! Tu es nicht!«, sagte Molly nun den Tränen nah, »Trotzdem ist der Kerl unmöglich. Er lässt die Menschen einfach sterben und wirft sie dann ins Meer.«

»Tote werden auf See nun mal so bestattet, Molly. Man kann die Leichname nicht in den nächsten Hafen mitnehmen. «

»Du willst mich nicht verstehen, Benjamin Jenkins! Man muss sich um die Menschen besser kümmern, da-mit sie erst gar nicht krank werden oder sterben.«

»Nichts ist mir bewusster als das, Molly. Aber es gibt an Bord nicht die geeigneten Lebensmittel, um diese Krankheit zu bekämpfen. Ich hörte die Männer darüber sprechen, dass der Saft von Zitronen dagegen helfen soll. Darum gibt die Navy immer welchen an die Mannschaften aus. Aber es gibt keinen solchen Saft an Bord. Und es gibt auch seit Wochen keinerlei frisches Obst oder Gemüse mehr. Und selbst wenn, hätte es nie für die Sklaven gereicht.«

»Und anderer Saft? Könnte man den Kranken nicht Apfelsaft verabreichen?«

»Es gibt keinen.«

»Und Most? Vielleicht könnte Most helfen? Ich glaube, es gibt welchen. Mills hatte gestern einen ganzen Krug voll Most! Er hat mir welchen angeboten«, meinte Molly geradezu euphorisch.

»Eine Ration Most täglich könnte vielleicht helfen. Ich frage ihn!«, sagte Ben und sprang auf, »Bleib Du hier und lass' niemanden herein, Molly. Prüfe die Pistole, ob die Ladung trocken ist. Ich werde dreimal klopfen, wenn ich zurückkomme.«

Ben ging los und fand Mills in der Kombüse.

»Mr. Mills! Sie habe ich gesucht! Man sagte mir, dass Sie mir helfen können.«, sagte er freundlich zu dem alten Seefahrer.

»Wer sagt das? Hab' ich nie behauptet!«

»Mr. Mills. Auf ein Wort. Es soll Ihr Schaden nicht sein, aber ich müsste Ihnen etwas von Ihrem Most abkaufen.«

»Abkaufen, hä? Und was würden Sie für einen Krug bezahlen?«

»Nun, ich dachte da eher an ein Fass. Wissen Sie, wir Geschäftsleute denken gerne groß!«

»Aha. Nun, Sir, ich denke, das wird leider nicht möglich sein. Der Most an Bord gehört dem Kapitän höchstpersönlich!«

»So, so. Und woher stammt Ihre Ration gestern?«, fragte Ben leise und kam dabei sehr nahe an Mills heran.

»Meine..., was? Ich weiß nicht, wovon Sie reden, Sir.«, sagte Mills mürrisch.

»Sie haben sich also welchen..., einfach so genommen? Wenn das mal der Kapitän nicht erfährt!«

»Gibt nichts zu erfahren, weil da nichts zu erfahren ist!«, sagte Mills nun beleidigt und fuhr fort in seinem Topf zu rühren. Er war ertappt.

»Genau. Da gibt's nichts zu erzählen. Und genau darum möchte ich ab heute jeden Tag einen schönen Krug von diesem herrlichen Most.«

»Sir! Das geht doch nicht,... wie soll ich das denn machen? Ich meine, das fällt doch auf!«

»Ich bin mir sicher, Sie finden einen Weg, Mr Mills. Es könnte ja ein Fass leck sein? Ich überlasse das ganz Ihrer Phantasie«, sagte Ben und drehte sich um. Doch bevor er hinausging drehte er sich nochmal um.

»Ach ja, den ersten Krug hätte ich gerne in einer halben Stunde, Mills. Und, Mills? Kein Wasser hinein!«

Wenig später hatte Ben Molly von seiner erfolgreichen Suche nach dem Most erzählt. Sie umarmte ihn und wollte gleich nach Erhalt des Kruges zu den Kranken gehen. Doch Ben hatte Zweifel, ob ihnen das gestattet werden würden. Simpson hielt Wache und ließ niemanden ausser seinen Helfern Kontakt zu den Sklaven aufnehmen. Sie brauchten jemanden, der das übernahm. Nur eine Person kam dafür in Betracht.

»Ich werde wohl Haynes damit beauftragen müssen, den Kranken den Most zu geben. Er ist zeitweise zur Bewachung der Schwarzen eingeteilt und dürfte mühelos an sie herankommen«

»Wie absurd das ist! Da will man helfen und muss es im Heimlichen tun. Aber Du hast recht, Liebling. Lass uns Haynes fragen, ob er diese Sache übernimmt«, sagte Molly.

Verdacht

»Heute Nacht sind wieder zwei der Schwarzen gestorben, Cooper. Simpson hat sie gleich heute morgen noch vor Sonnenaufgang über Bord geworfen. Von den Passagieren hat niemand etwas bemerkt.«

»Verdammt. Und wie sieht es mit den anderen aus? Halten die durch? Sie sagten, wir sind in vier Tagen in Virginia. Bis dahin will ich keine weiteren Verluste!«

»Was Sie wollen, ist mir egal, James! Simpson sagte, die beiden hätten zum Schluss nur noch Wasser geschissen. Wenn hier auch noch die Ruhr ausbricht, dann werfe ich alle Erkrankten über Bord. Da sind mir Ihre Verluste herzlich egal!«

»Die Männer hatten Skorbut, Archibald. Diese Krankheit führt zu Durchfall und zum Tod. Wir müssen die Gesunden von den Kranken trennen. Sie wissen, dass ist der einzige Weg«, sagte Cooper eindringlich. Er wußte, dass der Kapitän dazu im Stande war die Kranken einfach zu opfern, auch wenn er vor einigen

Tagen noch anderes geredet hatte.»Aber alle leicht erkrankten und Schwachen über Bord werfen, das wäre Mord. Und sinnlos obendrein, wenn wir bald Land erreichen.«

»Zunächst müssen wir die Küste erreichen. Dann brauchen wir unsere genaue Position. Sollten sich die Dinge mittlerweile zu unseren Ungunsten entwickelt haben, könnte es sein, dass die Navy die Häfen blockiert. Wenn wir einer Fregatte begegnen, könnten wir von ihr aufgebracht werden. Dann wären Ihre Verluste bei 100 Prozent, James.«, grinste Williams hämisch.

»Pah! Wir segeln doch jedem Schiff des Königs davon. Davor haben Sie Angst?«

»Sie sind ein Narr, James! Wenn wir flüchten, geben wir uns zu erkennen. Nicht nur der Navy, sondern auch den Loyalisten an Bord gegenüber. Das wollten wir doch so lange wie möglich vermeiden. Erst an Land, oder in einem sicheren Hafen, wenn es keine andere Möglichkeit für die Königstreuen mehr gibt, als sich zu ergeben!«

»Immer mit der Ruhe. Wer sagt denn, dass wir überhaupt einem Schiff der Royal Navy begegnen? Um diese lange Küste zu überwachen, müssten Hunderte von Schiffen unterwegs sein. Wenn Boston immer noch belagert wird, dann benötigt die Admiralität mindestens ein Geschwader, um die Stadt zu versorgen. Und auch die Flotte selbst muss versorgt werden.«

»Wir haben darüber keine Informationen. Genauso kann es sein, dass die Belagerung abgebrochen wurde und die Briten auf dem Vormarsch sind. Dann wäre die Flotte in Richtung der anderen Häfen unterwegs.«

»Wissen Sie, Archibald, ich bin Geschäftsmann. Ein gewisses Risiko muss man einkalkulieren. Ich würde sagen, unsere Chancen stehen 50 zu 50. Wie schätzen Sie die Lage ein?«

»Sie sind kein Geschäftsmann, James, Sie sind ein Spieler! Und Spieler neigen dazu, sich zu überschätzen. Eine Gewinnchance von 50 Prozent mag für einen Spieler interessant sein, für einen Kapitän ist es ein sehr hohes Risiko!«

Die Diskussion wurde durch ein Klopfen an der Kajütentür unterbrochen. Einer Matrosen, O'Conell, kam herein.

»Verzeihung, Sir! Segel in Sicht! Mr. Simpson bittet Sie, an Deck zu kommen. Wenig später standen sie Männer auf dem Achterdeck. Williams hielt sein Fernrohr lange vor das Auge, bevor er es wortlos an Cooper übergab.

»Mr. Simpson! Alles Mann an Deck! Lassen sie die Schoten dicht holen. Alle Segel setzen! Topsegel anbrassen! Wir gehen auf Kurs Nordwest. Bringen Sie sie hoch an den Wind!«

Mit einem mal war hektisches Treiben auf dem Deck. Aus dem angenehmen Dahingleiten wurde eine wilde Fahrt hart am Wind. Der Kapitän beobachtete seine Männer bei der Arbeit, die etwa eine halbe Stunde dauerte. Dann waren alle Befehle ausgeführt. Williams nahm erneut sein Fernrohr zur Hilfe, um das andere Schiff zu peilen. Lange beobachtete der Schiffsführer das andere Schiff.

»Ha!« rief er schließlich, »Sie können diesen Kurs nicht halten. Sie müssen schon über Stag gehen!"

Mittlerweile hatten sich auch die Passagiere an Deck versammelt. Dass die »Bride of Boston« versuchte, einen Verfolger abzuschütteln, hatte sich schnell herumgesprochen.

»Sir, warum fahren wir diesem Schiff davon? Konnten Sie es als Feind ausmachen?« fragte Mr. Trelany.

»Ähem«, räusperte sich der Kapitän, »Leider muss ich Ihnen mitteilen, dass es sich vermutlich um Piraten oder ein Rebellenschiff handeln könnte. Wenn wir jetzt nicht die Gunst der Stunde nutzen, können wir nicht entkommen. Sollte es sich um ein Schiff des Königs handeln, haben wir nichts zu befürchten. Aber da ich es nicht genau sagen kann, ziehe ich es vor, auf Abstand zu bleiben. Diesen Vorteil aufzugeben, wäre im Zweifelsfall sehr töricht.«

Die Passagiere diskutierten untereinander und gaben dem Kapitän recht. Man brauchte keine Hilfe der Navy und der beste Schutz vor Feinden war die eigene Geschwindigkeit. Noch dazu war man nur Tage vom Ziel entfernt.

»Mr. Simpson! Auf ein Wort!«, befahl der Kapitän seinen Steuermann zu sich.

»Heute Abend keine Positionslichter. Auch keine anderen Laternen an Deck. Ich möchte heute Nacht unsichtbar sein, verstehen Sie? Womöglich sind noch mehr Schiffe hier unterwegs. Und schicken Sie nochmal zwei Männer in den Ausguck«, sagte er zu ihm etwas gedämpfter.

»Aye, Sir!«, gab Simpson zurück und machte sich wieder an seine Arbeit.

Den ganzen Tag über beobachtete Williams den Verfolger, doch bereits eine Stunde vor Sonnenuntergang kam dieser ausser Sicht. Williams überlegte. Sollte er wieder auf Westkurs gehen und somit dem Ziel schnell näher kommen, oder sollte er erst 100 Meilen weiter nordwestlich sich wieder dem Land zuwenden? Im Moment lief das Schiff gute 10 Knoten, driftete allerdings etwas nach Nordosten ab. Sollten seine Messungen sich als falsch erweisen, und das konnte nach dieser langen Strecke gut sein, dann wäre auch er gezwungen zu kreuzen und man würde wieder Zeit verlieren. Er musste alles auf diese eine Karte setzen: Diesen Wind so lange wie möglich zu nutzen.

»Meine Hochachtung, Archibald! Da haben Sie ja noch einmal gefährliches Gewässer umschifft. Ihre Aussage, man könne nicht sagen, wer der Verfolger sei, war sehr gerissen. Wenn Sie mich fragen, war es natürlich die Royal Navy. Sie wissen doch ganz genau, dass es hier keine Rebellenschiffe gibt. Das andere Schiff war doch eine Fregatte. 3 Masten, mindestens 28 Kanonen. Über solche Schiffe verfügt hier nur die Navy.«

»Nun, Sir, wenn Sie so gut über die Schiffe des Königs Bescheid wissen, dann sollten Sie vielleicht selbst zur Navy gehen. Ich bin jedenfalls der Überzeugung, dass wir sie auf Abstand halten sollten, wenn wir können. Ich hoffe, bis übermorgen Land zu sichten. Dann können wir unsere genaue Position feststellen. Wir müssen unsere Waren an Land bringen. Alles andere ist zweitrangig! Ich denke, wir könnten Norfolk oder Hampton am Eingang der Chesapeakbay erreichen. Mein Favorit ist allerdings Norfolk, dort verfüge ich über Kontakte, über die sie Ihre Sklaven verkaufen können. Und wir würden endlich Informationen über den Stand der

Dinge in Boston und New York bekommen.«

»Das sind die wichtigsten Häfen Virginias. Meinen Sie nicht, dass die Briten alles daran setzen werden, sie zu halten?«, gab Cooper zu bedenken.

»Na und? Wir sind ein englisches Handelsschiff. Dann können wir doch britische Häfen anlaufen, oder?«

In Flammen

Nur zwei Tage später kam Land in Sicht. Ein lang-
gezogener, flacher Küstenstreifen im Westen war das
erste, was sie zu sehen bekamen. Williams hatte sofort
die Küste erkannt, und zeigte sich sehr zufrieden. Nur
noch ein Stück nach Norden, dann würde sich das Land
wieder zurückziehen und den Weg in die riesige Ches-
apeak Bay, einen großen Meeresarm, der von Virginia
bis Maryland und Baltimore reichte, freigeben. Gleich
am Eingang in diesen gewaltigen Fjords lagen auf dessen Westseite die Städte Hampton und etwas südlicher,
am Elizabeth River, Norfolk. Hier wurden Waren aller
Art umgeschlagen. Die Sklaven würden sich hier hervorragend zu Geld machen lassen. Das Jahr hatte sich
gestern gewendet, die bisherige Vorhersage, um diese
Zeit in Boston Neujahr zu feiern, hatte sich als unmöglicher Wunschtraum erwiesen. Von hier aus würde
man mit neuen Vorräten Richtung Boston weiterfahren können, und dieses dann Mitte Januar erreichen.

Das Wetter war noch mild und trocken, nur im Wind an Deck war es mittlerweile zu kalt geworden, um dort länger zu verweilen. Trotzdem hielten Ben und Molly an ihrer Gewohnheit fest, täglich hin und her zu wandern, um sich so wenigstens etwas Bewegung zu verschaffen. Cooper hatte inzwischen seine Schieß-und Fechtübungsstunden für beendet erklärt, was den Jenkins mehr Zeit gab, Mollys Schreib-und Lesefähigkeiten zu vertiefen. Ben war sehr zufrieden mit ihren Fortschritten, sie lernte schnell und war wissbegierig. Fast schien es ihm, als wollte sie auf dieser Reise alle verpassten Schuljahre in kürzester Zeit nachholen. Zudem wollte sie wissen, wie man Geschäftsbücher führt, und welche Möglichkeiten von Geldanlage und Spekulation die besten seien. Ben hatte in der kurzen Zeit viel von seinem Wissen weitergeben können und hatte Molly auch auf dieser intellektuellen Ebene sehr zu schätzen gelernt. Nebenher hatten sie den Kapitän doch noch für die Sammlung von Kleidung und Decken für die Sklaven erweichen können, wobei Molly den Seeleuten etwas Geld für warme Kleidung gegeben hatte, das so manchen zwar mit einem schönen Handgeld versorgt hatte, aber ihn nun doch auch frieren ließ.

Der Kapitän ließ schließlich nach Süden drehen, und sie liefen in den Elisabeth River ein.

Als die »Bride of Boston« in die Nähe des Hafens kam, hörte man in der Ferne das Donnern von Geschützen. Cooper und Williams standen nebeneinander auf dem Achterdeck und diskutieren, was dies wohl zu bedeuten habe. Als es dann Dunkel wurde, erkannte man in der Ferne das Leuchten eines großen Feuers.

»Norfolk brennt, Sir!«, rief schließlich der Topsgast, der von seinem Ausguck hoch im Fockmast bereits die Stadt erkennen konnte. Im Hafen lagen viele Schiffe, die immer wieder in die Stadt feuerten.

»Um Himmels Willen, Archibald! Lassen Sie den Kurs ändern! Dort können wir nicht hin.«

Williams sah starr in die Ferne. Dann rief er schließlich den Mann am Ruder an:

»Rudergänger! Zwei Strich Steuerbord. Simpson! Schoten dicht holen auf halben Wind!«

Das Schiff machte eine merkliche Kursänderung nach rechts. Bald lag der Feuerschein auf ihrer linken Seite.

»Wir laufen Hampton an. Unsere einzige Hoffnung ist, dass dort noch nicht gekämpft wurde. Gott steh' uns bei!«, sagte der Kapitän.

Schließlich ließ er halsen und auf Gegenkurs gehen. Schon nach kurzer Zeit kam man in die Nähe des Hafens von Hampton, der ruhig vor ihnen lag. Kapitän Williams entschied sich, ankern zu lassen und noch in der Nacht zusammen mit Cooper an Land zu gehen.

Auf dem Schiff warteten die Passagiere und Mannschaften gespannt. Doch lange Zeit geschah nichts. Um Mitternacht gab es einen Aufruhr, als man Haynes zu Simpson brachte. Mehrere Männer waren im Laternenlicht auf dem Quarterdeck erschienen.

»Dieser Idiot hat den kranken Sklaven Most verabreicht, Mr. Simpson!«, rief O'Conell, der ihn mit zwei anderen Sklavenaufpassern erwischt hatte. »Weiß doch jeder, dass das Zeug in zu großen Mengen ohne Wasser Dünnschiss verursacht!«

»Haynes, dass Du verrückt bist, wußte ich schon lange! Aber ausserdem noch blödsinnig? Woher hattest Du das Zeug? Nur der Kapitän besitzt ein großes Mostfass. Hast Du den Most gestohlen?«

Haynes schwieg. Simpson schlug ihn unerbittlich hart ins Gesicht, Haynes Nasenbein brach und er stürzte zu Boden. Ein Schwall Blut ergoss sich auf das Deck. Haynes versuchte, sich aufzurappeln, aber Simpson trat ihn mit voller Wucht mit dem Fuß gegen den Kopf. Haynes blieb regungslos liegen.

»Mein Gott, Simpson! Du hast ihn erledigt! Das wird dem Kapitän nicht gefallen!«

»Halt die Fresse, O'Conell! Wenn der Käpt'n nicht an Bord ist, hab ich hier das Sagen. Sieh' hin. Haynes lebt noch. Legt den Kerl in Eisen. Soll Williams entscheiden, was mit ihm passiert!«

Molly und Ben hatten von diesem Vorfall zunächst nichts mitbekommen. Sie waren in ihrer Kabine und waren durch die Schreie und das Gepolter an Deck aufgeweckt worden. Schnell zogen sie sich an und machten sich auf den Weg nach oben.

»Sie kommen zurück!«, rief der Ausguck. Doch kurz darauf musste er seine Nachricht korrigieren: »Es sind zwei Boote! Sie haben bewaffnete Männer an Bord!«

»Verdammt!«, rief Simpson. »Da ist etwas schief gelaufen. Das sind zwei Barkassen. Und sie sind voll besetzt!«

Die Boote näherten sich schnell. Die Riemen wurden mit militärischer Präzision gleichmäßig gerudert und im Heck der Boote konnte man Offiziere ausmachen.

»Ganz ruhig, Jungs. Das können nur Männer des Königs sein. Seht doch, die blauen Röcke der Marine. Los, alle Mann an Deck! Empfangen wie sie mit allen Ehren!«, rief Simpson.

Dann gingen die Boote längsseits und die Offizier erklommen zuerst die Strickleiter. Dann folgten mehrere Soldaten und bewaffnete Männer in Zivilkleidung. Als sie an Deck waren, erschrak Simpson. Es waren keine Briten. Alle trugen blaue Uniformröcke, doch die

Aufschläge der Offiziere waren beigefarben und nicht weiß. Die Soldaten, die man von weitem ebenfalls für Offiziere gehalten hatte, trugen ebenfalls das Blau der Continental Army.

»Dieses Schiff und alle Waren an Bord sind hiermit beschlagnahmt, im Namen des Kontinentalkongresses und der freien Kolonie Virginia«, sagte nun der Offizier, der den Rang eine Lieutenants inne hatte.

Ein Raunen ging durch die Mannschaft. Einige riefen laut »Gott schütze den König!« und »Nieder mit den Rebellen!«, wurden aber von ihren Kameraden zum Schweigen gebracht.

»Gentlemen, Ihr Kapitän hat sich ergeben. Diese Gentlemen der Continental Army und der freiwilligen Minutemen aus Carolina und Virginia übernehmen das Schiff. Ab sofort untersteht es dem Kommando des Kontinentalkongresses. Der neue Kommandant wird in Kürze eintreffen. Wenn sich Mitglieder aus der Besatzung uns freiwillig anschließen wollen, können sie bleiben. Sie alle können sich entweder gegen Ehrenwort frei in Hampton bewegen oder Sie gehen in Gefangenschaft. Wer hatte bis jetzt das stellvertretende Kommando?«

»Ich, Sir!«, meldete sich Simpson.

»Name?«

»John Simpson, erster Steuermann, Sir!«

Simpson dachte verzweifelt nach. Wie sollte er sich entscheiden? Wenn die Briten auch hierherkamen und alles niederbrannten, dann würde ein Überlaufen hart bestraft werden. Sollten die Briten obsiegen, dann könnte er, bliebe er treu, mit heiler Haut davonkommen, oder sogar in die Navy zurückkehren und dort aufsteigen. Ob er bei diesen Patrioten Karriere machen konnte, war unklar.

»Wie ist Ihre Entscheidung, Steuermann?«

»Ich, . . . äh, nein, Sir! Ich diente in der Navy! Ich verrate England und meinen König nicht!«

Wieder ging ein Raunen durch die Reihen der Mannschaften.

»Gut. Sie gehen mit mir in die Kajüte, ich will die Schiffsrolle sehen, danach gehen Sie mit allen anderen Gefangenen an Land«, sagte der Offizier. Er schnüffelte in die Luft.

»Wie viele Sklaven haben Sie an Bord?«

»Welche Sklaven?«, wich Simpson aus.

Das Schiff hier stinkt zwar nicht extrem, aber es stinkt. Die Sklaven können also noch nicht lange an Bord sein. Ich nehme an, aus den West Indies? Also, wie viele?«

»80, Sir, aber zum Teil sehr krank«, mischte sich

Molly ein, die ebenfalls mit Ben an Deck war und das ganze beobachtet hatte.«

»Aha! Und mit wem habe ich hier das Vergnügen?«, fragte der Offizier überrascht, da er anscheinend nicht mit einer jungen Dame an Bord gerechnet hatte.

Der neue Kommandant

»Mr. und Mrs. Jenkins also, so, so!«, sagte der junge Leutnant, der sich als Charles Meyers vorgestellt hatte, während sie in der Kapitänskajüte zur Vernehmung saßen.

»Als Zivilisten dürfen Sie sich selbstverständlich frei bewegen. Ich muss allerdings darauf hinweisen, dass wir uns im Krieg befinden und Ihr britisches Geld hier nichts mehr wert ist. Ferner muss gerichtlich geprüft werden, ob Ihre Besitzansprüche auf die Schiffe, deren Obligationen, beziehungsweise Anteile, die Sie besitzen, überhaupt noch gelten. Das alles kann bis zum Ende dieses Krieges dauern. Wenn die Britische Regierung nicht einlenkt, kann dieser Konflikt Jahre dauern. Sie sollten also besser nach Irland zurückkehren.«

»Das ist leider nicht möglich. Wir hofften unsere Zukunft hier aufzubauen. Leider wurden wir nur unzureichend über den Zustand der Kolonien unterrichtet. Sonst hätten wir uns nicht auf so eine Reise begeben«, sagte Benjamin trocken.

»Das ist in der Tat bedauerlich. Ich kann leider gar nichts für Sie tun. Wie Sie wissen, brennt Norfolk und wir sind in Alarmbereitschaft. Das Schiff hier wird geräumt und soll als Material- und Truppentransporter in der Chesapeakbay eingesetzt werden. Zivilisten haben hier keinen Platz mehr. Dennoch würde es mich persönlich beruhigen, Sie beide in Sicherheit zu wissen.«

»Wir verfügen noch über eine kleine Summe in Gold, Sir. Damit kommen wir für die nächste Zeit zurecht. Allerdings müssten wir dringend nach Boston«, gab Benjamin zu bedenken.

»Das ist unmöglich! Die Stadt wird belagert. Die Briten halten Sie von der Seeseite und jetzt im Winter ist ein Erreichen über Land von hier aus beschwerlich und gefährlich. Bleiben Sie hier in Virginia und warten Sie ab. Ich könnte versuchen, Sie bei einer einflussreichen Familie unterzubringen. Oder haben Sie Bekannte in Virginia?«

»Ausser Mr. Cooper kennen wir niemanden aus den Kolonien persönlich«, sagte nun Molly, »aber der ist ja Ihr Gefangener.«

Meyers hatte die Hände vor Nase und Mund wie zu Gebet zusammengelegt und atmete lief durch.

»Nun, das ist...«, wollte er ansetzen, doch er wurde von einem Ruf unterbrochen.

»Kommandantengig an Steuerbord, alle Mann an Deck!«, ertönte es von oben.

»Sie entschuldigen mich, ich muss an Deck!«, sagte Meyers und sprang auf. Ben und Molly folgten ihm auf dem Fuße.

Die neu angekommenen Seeleute der Patrioten stellten sich zu Ehren des neuen Kapitäns in einer Reihe auf und ließen die Bootsmannspfeife hören.

»Aaaachtung! Kommandant an Bord!«, rief deren Bootsmann.

Zunächst sah man im Halbdunkel nur einen großen Hut und einen stattlichen Mann im dunklen Umhang an Bord klettern. Der Wind wehte ihm die Haare ins Gesicht. Dann stand er in voller Größe auf dem Deck.

Ben erschrak, als er den Mann erkannte.

»Drei Hurras für Captain Cooper!«, rief Leutnant Meyers.

»Hurra! Hurra! Hurra!«

Nur wenige Seeleute der »Bride« fielen in das Hurra mit ein. Sehr zum Missfallen der neuen Schiffsführung hatten sich nur 11 der 27 Mann der Besatzung für ein Überlaufen entschieden. Diese waren allesamt in den Kolonien geboren.

»Lieutenant Meyers, lassen Sie die Männer an Land bringen. Vorsichtshalber sollten alle zunächst in Verwahrung gehen!«, befahl Cooper.

Simpson protestierte, denn zunächst war ein freies Bewegen in Hampton gegen Ehrenwort in Aussicht gestellt worden.

»Dies galt selbstverständlich nur für Offiziere! Wie zum Beispiel für Kapitän Williams!«, fügte Cooper hinzu.

Benjamin horchte auf. Das bedeutete, dass schon vor der Ankunft von Cooper und Williams in Hampton klar gewesen sein musste, dass Cooper das Schiff übernimmt. Dennoch konnte sich der junge Mann nicht vorstellen, dass Williams und Cooper auf unterschiedlichen Seiten standen. Dass Cooper nun den Rang eines Captains bekleidete, wunderte Ben nur kurz. Schließlich waren viele der Offiziere in den Kolonien Großgrundbesitzer oder reiche Geschäftsmänner.

Als die verbliebenen 16 loyalen britischen Seemänner mit dem Steuermann John Simpson das Schiff verließen und in die Boote gestiegen waren und in Richtung Hampton ruderten, stimmten die Männer wieder ihr Navy-Kampflied »Spanish Ladies« an. Trotzig sangen sie es in die Dunkelheit. Ben erschauderte. Diese Männer würden weiter für ihren König kämpfen, sobald sie die Gelegenheit bekämen. Und mit Simpson hätten sie einen skrupellosen, grausamen Anführer. Brauchte man deswegen Williams als Spion unter den britischen Seeleuten? Am nächsten Tag sollten auch die

Sklaven von Bord gebracht werden und die stinkenden Pritschen und Bretter, auf denen sie gelegen hatten, sollten entfernt werden. Unablässig würden die Pumpen gehen, um alle Hinterlassenschaften herauszuspülen, denn schon bald sollten hier Hängematten und Unterkünfte für mindestens hundert Soldaten und Minutemen der Kontinentalarmee Platz finden, die Captain Cooper befehligte. Cooper hatte es eilig, mit seinen Verhandlungsergebnissen aus Europa nach Philadelphia zu kommen, wo ihn der Kongress schon erwartete.

Die Passagiere mussten das Schiff nun ebenfalls verlassen. In den beiden Barkassen brachte man sie im Morgengrauen mit ihrem Gepäck an Land. Benjamin hatte seinen Geldgürtel umgelegt, und auch Molly trug einen Teil ihres Vermögens und die Pistole unter ihren Unterröcken versteckt. Alles andere war requiriert worden. Auch die französischen Nachttöpfe Mollys waren so in den Besitz der jungen Nation übergegangen. Das

Schicksal der Sklaven war ebenfalls besiegelt, sie gingen alle auf die Plantage Coopers. Molly und Ben erfuhren nie, wie viele von ihnen tatsächlich diese Überfahrt überlebt hatten.

Sie betraten an diesem 2. Januar 1776 amerikanischen Boden als ungebetene Besucher, deren weiteres Fortkommen nun vom guten Willen der neuen Administration abhing.

Epilog

Die im Buch von den Seeleuten grausam ironisch Spanish Ladies genannten Sklaven, die aus Afrika geholt werden mussten, da der Nachschub aus der Karibik ebenfalls von den Briten weitestgehend gestoppt war, litten unsagbares Leid während der Überfahrt und auf den Plantagen. In der Provinz Virginia gab es mehr Sklaven als Freie, auch der berühmte General und Gründervater George Washington betrieb seine Plantage mithilfe von Sklaven meist afrikanischer Abstammung. Heute unvorstellbar, für die Freiheit zu kämpfen und gleichzeitig Menschen als billige Arbeiter zu besitzen.

Der Gedanke daran, wie es auf einem Sklaventransporter des 18. Jahrhunderts zugegangen sein muss, ist für uns heute kaum zu ertragen. Bestimmt kam niemand auf die Idee, den Sklaven Nachttöpfe zu geben, um sie wenigstens ihre Notdurft verrichten zu lassen. Unvorstellbare hygienische Zustände an Bord führten zu Krankheit und Sterben während der Überfahrten.

Auch wurden Kranke einfach über Bord geworfen, um Infektionen einzudämmen. In meiner Erzählung hier versuchte ich darzustellen, dass eine christliche, beziehungsweise humanistische Weltanschauung doch eigentlich dazu hätte führen müssten, dass Menschen von anderen Menschen als solche behandelt werden. Leider war und ist dies bis heute oft nicht der Fall, der Profit geht stets vor.

So ist die Idee, dass jemand ein Herz für diese bedauernswerten Gefangenen gehabt haben müsste, wahrscheinlich Utopie und Wunschgedanke. Und doch gab und gibt es immer menschliche Engel, die, oft im Kleinen und Verborgenen, helfen, Leid zu lindern. Ihnen widme ich dieses Büchlein.

Danke

Als Inspiration für die »Bride of Boston« diente mir die »Pride of Baltimore«, ein Nachbau jener amerikanischen Baltimoreschooner, die mit ihrer Geschwindigkeit Maßstäbe setzten. Bei allen Kapiteln in diesem Buch, welches ausschließlich auf dem Meer spielt, hatte ich dieses wunderschöne Traditionssschiff vor Augen.

Danke an meine Familie und meinen Freundeskreis für die Unterstützung und Nachsicht mit mir. Ihr seid die Engel in meinem Leben.

Seemännische Begriffe:

Kabelgatt:

Raum im Bug oder unteren Decks eines Schiffs, in dem sich Taue und andere Gerätschaften zum schleppen, festmachen oder ähnlichem befinden

Wanten:

Taue zur seitlichen Verspannung der Masten, bei Segelschiffen zusätzlich mit Webeleinen bewährt, um so eine fest stehende Strickleiter links und rechts der Masten zu erhalten, über die die Mannschaft aufentern konnte. Wanten gehören zum »Stehenden Gut« eines Seglers, sind also fest. Auch Stagen und Pardunen gehören dazu.

BRASSEN:

Tauwerk des »Laufenden Gutes«, mit Brassen werden die Rahen bewegt. Andere Taue des laufenden Gutes sind beispielsweise die Schot und das Fall. Pardunen und Backstagen sind hingegen eine Art Zwitter, sie sind fest, wie stehendes Gut, können aber im Bedarfsfall entlastet oder durchgesetzt werden, wie laufendes Gut.

AUFENTERN:

Hochklettern in die Masten.

LUV:

Die dem Wind zugewandte Seite. Auch der Spruch: »Das liegt auf meiner Luvseite« bedeutet etwas positives.

LEE:
Die dem Wind abgewandte, schlechtere Seite.

Achterdeck:
Der hintere Teil des Decks, etwa das letzte Viertel. Das Achterdeck war traditionell der Schiffsführung vorbehalten.

QUATERDECK:
Englische Bezeichnung für Achterdeck

KNOTEN:
Natürlich als Knoten zur Tauwerksverbindung zu verstehen, aber auch nautische Geschwindigkeitsangabe. 1 Knoten entspricht einer zurückgelegten Seemeile (1,85201 km) pro Stunde. Gemessen früher mit dem Leinenlog, das man hinter dem Schiff her zog und in einer bestimmten Zeit die Länge der abgelaufenen Schnur maß. Dazu befanden sich in geeichtem Abstand Knoten auf der Schnur. Daher die Bezeichnung Knoten.

VERSCHALKEN:
Eine Luke wasserdicht verschließen.

SCHOONER:

Nachweislich 1713 lief der erste als Schooner bezeichnete Segler in Glouchester nördlich von Boston vom Stapel. Dabei soll einer der Anwesenden »See, how she scoons!« gerufen haben. »To scoon« ist ein schottischer Ausdruck für gleiten. Bei diesem Schiffstyp mit zunächst 2 Masten und mehreren Schratsegeln (Schonerbrigg, Topsegelschoner) ging es vor allem um Geschwindigkeit, so dass er zu Beginn des 19. Jahrhunderts große Beliebtheit vor allem für den Transport von verderblicher Ware, Post, aber auch in der Fischerei und zum Sklaventransport erlangte. So verkürzte dieser Schiffstyp die Reise nach Amerika auf 3 Wochen. Bis zum Anfang des 20 Jahrhunderts wurden Schoner mit bis zu 7 Masten gebaut.

USHANT, SCILLYS:

Diese Landmarken kennzeichnen den westlichen Beginn der Einfahrt in den Ärmelkanal, den englischen Kanal. Sie werden im Refrain des Liedes »Spanish Ladies« erwähnt und durften hier nicht fehlen.

SKORBUT:

Wenn ein Mensch über viele Wochen oder gar Monate nur wenig oder gar keine vitaminhaltige Kost zu sich nimmt, und keinerlei frische Lebensmittel, dann beginnen sich Anzeichen von Skorbut, einer gefürchteten Mangelerkrankung, zu zeigen. Zunächst fühlen sich die Betroffenen müde und schwach. Sie sind anfällig für Infektionen, Wunden heilen schlecht, die Haut zeigt Blutungen und Entzündungen. Im weiteren Verlauf schmerzen die Knochen, Gelenke entzünden sich. Dazu kommen hohes Fieber, Durchfall und Schwindel. Schließlich stirbt der Betroffene an Herzversagen. Abhilfe verschafft die Gabe von Vitamin C und eine ausgewogene vitaminreiche Ernährung. Ab einem gewissen Punkt sind die bleibenden Schäden jedoch irreversibel. Es sei noch angemerkt, dass Most leider kaum Vitamin C enthält. Um den Skorbutkranken helfen zu können, hätte Molly tatsächlich jedem Kranken mindestens 100ml Zitronensaft täglich verabreichen müssen. Zusätzlich hätten Fieber und Durchfall und die damit einhergehende Dehydrierung behandelt werden müssen.

Weitere Bücher des Autors:

WHISKEY JAR
Novelle
Erschienen bei Books on Demand
im Mai 2021
ISBN: 9783753476476

MOLLY MALONE
Novelle
Erschienen bei Books on Demand
im Mai 2021
ISBN: 9783753479699

KIES VAN BEEK - TOD AN DER GRACHT
Kriminalroman
Erschienen bei Books on Demand

im April 2020
ISBN: 9783751921183

KIES VAN BEEK - GRAB IM MEER
Kriminalroman
Erschienen bei Books on Demand
im Mai 2021
ISBN: 9783753479323

ANDEO, FISCHERJUNGE
Band 1
Roman
Die Lebensgeschichte eines kroatischen Fischers
Erschienen bei Books on Demand
im August 2020
ISBN: 9783751960861